U0007277

JOHN BERGER

CONFABULATIONS

閒談

約翰‧伯格的語言筆記

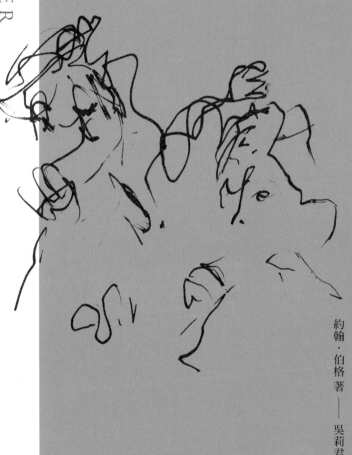

約翰‧伯格 著——

吳莉君 譯

目次

導讀

INTRODUCTION

林志明

臺北教育大學特聘教授
當代藝術評論與策展研究全英語碩士學位學程主任

1

「觀看在詞語之前來到。兒童在會說話之前，
先觀看及辨認。」[1]

（Seeing comes before words. The child looks and
recognizes before it can speak.）

約翰・伯格（John Berger）[2] 最有名的著作《觀看的
方式》（*Ways of Seeing*）由以上的句子開場。然而，
這句話顯得相當武斷：根據現在的醫學知識，嬰
兒剛出生時，視力發展不夠完整，因而所謂的看

及辨視應該是出生後更的晚事。[3]的確，在嚴格的概念下，幼兒「說話」大約是一歲之後的事，但若是聽到語言及感受其中的意涵或甚至感情呢？這應該是更早發生的事情。因此，「觀看在詞語之前來到」，如果加入「聽到語詞」作為考量，便有很多探討的空間。

《閒談》（*Confabulations*）這本小書在伯格過世之前出版，它的意義絕不只是「閒談」：這次的中文翻譯版本加上了副題「約翰·伯格的語言筆記」，強調書中對於語言的重視，但它也不只是涉及語言或只集中在語言的討論之上。伯格在開頭的一篇筆記〈自畫像〉中說明：

> 一直以來，書寫行為對我至關緊要；它幫助我理解事物，延續人生。不過，書寫其實是分支，衍生自某個更深刻、更普遍的事物——我們和語言本身的關係。而這幾則筆記的主題，正是語言。

一直以來，伯格是一位熱愛並全身投入寫作的作家；據說，他盡可能每日寫作。

語言在本書中比較像是一個輻湊的中心——除了「思想、藝術、歌曲、說故事和政治論述」（本書封底簡介），還有勞作、回憶、苦難、希望、共同生活甚至對鳥鳴的聆聽；甚而，在本書第一篇文章裡，伯格便提出了一個相當深奧但也普遍受到探討的「不僅止於語言」問題，它涉及到「字詞背後」、「言詞之前」和「不可言說」。

雖說這是有關語言一個深奧且普遍受探討的主題，但伯格導出此一主題的方式相當特別：他由翻譯切入，並且說，在文學翻譯中，除了出發的語言及到達的語言之外，還有一個第三個元素：那便是「隱藏在原始文本書寫之前的字詞背後。真正的翻譯要求你回歸到言詞之前。」

伯格正面地回應他所提出的問題，但也提到嬰兒時期最早聽到的語言——由母親嘴裡聽到話語；這彷彿在回應他自己在《觀看的方式》中所提出的斷言。在稍遠之處，他再繼續說道，母語和非說寫語言也有關連，這些語言包括「符號語言，行為語言，空間語言」；但由他之後的行文，我們也知道這其中當然也包括圖像。

回到一個根基的語言（母親的話語），以及它與其他形式語言的內在關連，伯格重新處理了他對各種感官及相關語言的先後順序、甚至優先性的問題：它們都和一個「前語言」的層次相關，但也因而有相互的內在關連性：這時若提問何者具有優先位置，便顯得沒有那麼重要，反而是尋求並展示它們之間的關連性，才更為有趣。

2

如此，對於本書的題名，我們可以有更進一步的解讀。本書英文原名 Confabulations 除了一般意義下的「閒談」或更具醫學意義的「虛構、臆想」之外，還有一個作者更具個人意謂的使用方式，即字詞之間的「交談議論」。伯格以如下的方式描述他的書寫經驗：

> 書寫時，完成幾行之後，我會讓那些字詞溜回去，溜回它們所屬的語言生物。在那裡，它們馬上就被其他一堆字詞認出來，並熱烈歡迎，它們和那些字詞有一種意義的或對立的或隱喻的或頭韻的或節奏的親近性。我聽著他們交談議論。它們聚在一起，針對我挑

選的字詞，爭辯我的用法。它們質疑我分派
給它們的角色。

於是我調整文句，修改一、兩個字，再次提
交出去。另一陣交談議論接著展開。

字詞之間有其自身的關係和動力，伯格用了「語
言生物」和「議論交談」這兩個隱喻來作說明。
那麼，是否能順著前面的各種非說寫語言間的內
在關係，更進一步地說，這個「生態圈」中的「交
談」，不只侷限於字詞之間，還包括言說與歌曲、
繪畫、聆聽等各種身體經驗及更綜合性的回憶之
間的關係？

3

雖然伯格被視為擅長書寫「知性散文」，而且
也曾因為小說《G》榮獲布克獎，但在他的「時
代傳記」作者史博林（Joshua Sperling）眼中，更具
開創性的應是一種可稱為「非虛構創意寫作」
（creative nonfiction），所謂「無法歸類」的書寫：「拗
彎各種文類，把遊記和知性散文、回憶錄和理論
折疊在一起──這一切如果沒有他的榜樣在前是

無法想像的。」[4]《閒談》這本他生前的最後出版，可說是此一「非虛構創意寫作」爐火純青的表現。

比如書中一篇題名為〈死神也在世外桃源〉的文章，先由對瑞典畫家友人斯溫（Sven）在南法鄉間共同生活的回憶開始，中間突然插入了一幅林布蘭（Rembrandt）最後的畫作《聖殿中的西緬》（Simeon in the Temple）作為伏筆，後來在其喪禮中才揭露這幅畫的大型複製釘掛於其最後畫室的牆上。而這中間書寫已經歷了對友人水果靜物畫的品評（畫雖小，但其中「所有的色彩都能彼此交流」），對於法國克難但吸引許多友人前來的生活回憶（「斯溫將他的世外桃源隨身攜帶」），對於瑞典食物有趣的描寫（「一大堆蛋糕和五顏六色的點心，如玩具一般陳列出來，供賓客挑選。」）；在斯溫的喪禮結束後，伯格繼續了一段機車之旅，目標是一座小島；在島上，除了一艘大船突然的出現之外，一位小男孩早上見到麋鹿，提供整個旅程輕微的夢幻感。回到法國上薩伏依的居所，伯格想起他和斯溫在倫敦普桑（Poussin）大展中的初遇，而《死神也在世外桃源》正是其中重要的展出畫作。這篇編織回憶、遊記和簡短畫評的散文，正是篇記述著深刻友誼的「非虛構創意寫作」。

《閒談》中最長的一篇文章〈關於歌曲的幾點筆記〉，更是交織著回憶、歌詞、舞蹈、照片、繪畫、對於手語的觀察、詩作的長篇引用等，可說是把各種說寫和非說寫「語言」無間縫地交織在一起。在其中，伯格透過歌曲提出了身體和語言的關係，甚至更進一步提出了一個語言（歌曲）內在於身體的理論雛形：

> 我們追隨歌曲，是為了被歌曲包圍。正因如此，歌曲提供給我們的東西，不同於其他的交流訊息或形式。我們置身於訊息內部。那個未被唱出的、與個人無關的世界，依然留在外面，在胎盤的另一邊。

*

伯格一直有個寫作時間之書的計畫，[5] 但終其一生並沒有實現。在《閒談》這本書的最後，他仍回到此一主題，而以下應是他的最後證詞：

> 時間並非線性，而是循環的圈。我們的人生並非一條直線上的某一點——史無前例的全球資本主義秩序正用它的「即時貪婪」（Instant

Greed）截斷那條線。我們不是一條直線上的某一點；我們是環圈的中心。

在這個環圈的中心，伯格回到「母語」，編織著各種「語言」、身體經驗和回憶；如同本書的最後一語，他的寫作終止了，但對他的閱讀，「無休無止」。

---

1. John Berger and al., *Ways of Seeing*, London: BBC and Penguin books, 1972.
2. 依據英國藝評人協會在 John Berger 過世時舉辦的追思討論會紀錄，他的姓氏發音應為「伯傑」。（https://soundcloud.com/search?q=aica%20uk）
3. 「出生頭二個月，嬰兒的眼睛外表雖與成人無異，但視力似未發展完全。在出生時，他雖可以看到光及一些簡單的圖案，但在他眼前二十公分以外的任何東西，他是模糊不清的。」-參考親子天下網站：https://www.parenting.com.tw/article/5075570，亦請參考衛福部台北醫院：「初生兒的眼球一般只能看見光線。」（https://www.tph.mohw.gov.tw/?aid=801&pid=19&page_name=detail&iid=1021）
4. 約書亞‧史博林，《凝視約翰‧柏格：我們這個時代的作家》，台北：時報文化，2021，頁 278。
5. 同上，頁 270。

自畫像

zeytin ağacının metni

SELF-PORTRAIT

自畫像

我已經寫了約莫八十年。起先是書信，接著是詩歌與講演，後來是故事、文章與書籍，如今是筆記。

一直以來，書寫行為對我至關緊要；它幫助我理解事物，延續人生。不過，書寫其實是分支，衍生自某個更深刻、更普遍的事物——我們和語言本身的關係。而這幾則筆記的主題，正是語言。

讓我們從不同語言之間的翻譯行為開始檢視。今日大多數的翻譯都是技術方面的，而我要談的是文學翻譯。也就是說，翻譯的文本內容與個人經驗有關。

傳統上對翻譯的看法，涉及到研究某一頁面上以某種語言書寫的字詞，然後將它們轉化成另一頁面上的另一種語言。這過程首先要進行所謂的逐字翻譯；接著要做出適當調整，以尊重並融入第二種語言的傳統和規則；最後要再下番苦功，重新創造出可等同於原始文本的「聲音」（voice）。許多翻譯，或說大多數的翻譯是遵循這樣的程序，得到的成果也頗具價值，但終究是二流翻譯。

何以這麼說？因為真正的翻譯並非兩種語言之間的二元關係，而是一種三角關係。這個三角形的第三點，是隱藏在原始文本書寫之前的字詞背後。真正的翻譯要求你回歸到言詞之前。

我們反覆閱讀、一再咀嚼原始文本，希望能穿透字詞，觸及到當初激發出這些字詞的景象或經驗。接著，我們採集在字詞背後發現之物，拿起那個顫顫巍巍、近乎無言的「東西」，把它放置在需要將它翻譯出來的主方語言（host language）背後。接下來的首要任務，就是說服主方語言接納並歡迎那個等著被言說出來的「東西」。

這種做法提醒我們，語言無法簡化成字典或詞庫。

語言也無法減縮成以該語言書寫的作品庫。

口語是身體，是活物，它的外形容貌來自言詞，它的臟腑功能涉及語言學。而這個生物的家不只是那些可以言說的，更是那些不可言說的。

想想「母語」（Mother Tongue，字面義是「母親的舌頭」）一詞。俄文的母語是 Rodnoi-yazyk，意思是「最接近或最親近的舌頭」（Nearest or Dearest Tongue）。必要時，你可以稱它為「親愛的舌頭」（Darling Tongue）。

母語是我們的第一語言，是嬰兒時期最早從母親嘴裡聽到的。「母語」一詞就是這樣來的。

之所以提及這點，是因為我正在描述的語言生物毫無疑問是女性。我想像，那個語言生物的核心部位是語音子宮。

一種母語裡包含了所有的母語。或者，換個說法：每一種母語都是共通的。

語言學家諾姆・喬姆斯基（Noam Chomsky）曾做出

zeytin ağacının metni

精彩論述，證明所有的語言都擁有某些共同的結構和程序，不僅限於說寫語言。也就是說，母語和非說寫式的語言也有關聯（也能押韻？），例如符號語言、行為語言、空間語言。

畫畫時，我就是在試圖解開並謄抄一份由形貌構成的文本，我知道，這份文本在我的母語裡已經有一個無法言喻但肯定無疑的位置。

單字、詞彙和短句，可以脫離它們所屬的語言生物，僅當成標籤使用。但如此一來，它們會變得呆板空洞。重複使用首字母縮寫就是一個顯而易見的範例。今日大多數的主流政治論述，都是由這類脫離了語言生物、無趣死氣的字詞所構成。而這類死氣沉沉的「浮言夸語」會抹除記憶，滋長無情的自滿。

多年來，促使我寫作的驅力，是我預感到有些事情需要被講述，如果我不試著講述它，它便可能永遠沒機會被講述。所以，我不太會把自己想像成具有影響力的專業作家，更像是臨時上來救場的人。

書寫時，完成幾行之後，我會讓那些字詞溜回去，溜回它們所屬的語言生物。在那裡，它們馬上就被其他一堆字詞認出來，並熱烈歡迎，它們和那些字詞有一種意義的或對立的或隱喻的或頭韻的或節奏的親近性。我聽著他們交談議論。它們聚在一起，針對我挑選的字詞，爭辯我的用法。它們質疑我分派給它們的角色。

於是我調整文句，修改一、兩個字，再次提交出去。另一陣交談議論接著展開。

如此這般循環往復，直到出現暫時達成共識的喃喃低語。我接著朝下一段推進。

另一陣交談議論再次展開……

其他人可以隨自己高興，把我定位成一名作家。但對我而言，我是惡女之子（the son of a bitch）──你們應該能猜出那個惡女是誰，對吧？

給
羅
莎
的
禮
物

A GIFT FOR ROSA

給羅莎的禮物

羅莎！[1]打從孩提時期我便認識妳。1919 年 1 月，他們將妳虐打致死，距離妳與卡爾‧李卜克內西（Karl Liebknecht）著手創立德國共產黨還不到幾個月，此刻的我，是妳當時年齡的兩倍。

妳經常從我正在閱讀的頁面走出來，有時還會從我試著書寫的頁面走出來；甩頭微笑地走出來，加入我。沒有任何一個頁面和任何一間他們反覆關押妳的牢房，能夠束縛妳。

我想送妳個東西。這項物品交到我手中之前，是擺在波蘭東南方的札莫希其鎮（Zamosc）。妳出生的小鎮，妳父親是鎮上的木材商人。但它與妳的關聯，可沒這樣簡單。

這項物品是我的波蘭朋友珍妮的。她獨居：不是住在優雅的主廣場上，如同妳人生的頭兩年，而是住在小鎮外圍逼仄的郊區屋子裡。

珍妮的屋子和小花園擺滿了盆栽。甚至連臥室地板上也有。客人來訪時，她最愛做的，莫過於用她勞動老婦的手指，一一指出每盆植物的獨特之處。她的植物陪伴著她。她與植物們聊天八卦開玩笑。

雖然我不會說波蘭文，但歐洲國家中讓我感到最自在的，也許就是波蘭。我和波蘭人有些共通之處，比如他們對事物的優先順序。他們大都對權力不感興趣，因為他們踩過每一種你能想像到的權力狗屎。他們是想方設法繞過障礙的專家。他們不斷發明各種夾縫求生的計謀與策略。他們尊重祕密。他們有很長的記憶。他們用野生酸模做酸模湯。他們想要開心過日子。

妳在一封寄自監獄的憤怒信件中，說過類似的話。那封信是回覆一名友人的抱怨來函，自憐自艾總令妳憤怒。「當個人，」妳說：「是最重要的。意思是，要活得堅定、澄澈且開心，沒錯，開心，

不管碰到任何情況，因為哀號是弱者的事。當個人意味著，如果命運的巨大天平非要上上下下搖晃折騰，那就一輩子在上頭快活翻滾吧，而與此同時，欣喜於每一天的明亮與每朵雲的美麗。」

近幾年，波蘭發展出一種新行業，從事者稱為「史塔奇」（Stacz），意思是「佔位置」。某人付錢給某男或某女幫他排隊，排了很久之後（大多數的隊伍都很長），當史塔奇靠近隊伍前端時，某人就接替史塔奇的位置。排隊可能是為了食物、廚房用品、某種證照、政府戳印、糖、橡膠靴……

他們發明許多夾縫求生的計謀與策略。

1970 年代初，朋友珍妮決定搭火車去莫斯科，她的好幾位鄰居都剛去過。那不是個容易的決定。1970 年，也就是一、兩年前，格但斯克（Gdansk）和其他海港才相繼發生過大屠殺，幾百名造船工人罷工，波蘭軍警在莫斯科的命令下，開槍射殺他們。

妳早就預見了，羅莎，預見布爾什維克論證法所隱含的危險；妳在 1918 年就預見了，在妳對俄國

大革命的評論中。「自由若只限於政府成員，只限於黨的成員，儘管他們的數量龐大，實則一點也不自由。自由指的，永遠是抱持不同想法者的自由。這不是基於任何狂熱的正義概念，而是因為政治自由中具有啟發性、健全性和淨化性的所有東西，全都取決於這項基本特質，當『自由』變成一種特權時，它所有的效用都將消失。」

珍妮搭火車到莫斯科買黃金。那裡的黃金價格，只有當時波蘭的三分之一。離開白俄羅斯火車站（Bielorusski station）後，她終於找那條合法珠寶店販賣戒指的後街。其他等著買戒指的「外國」婦女，已經排了一條長長人龍。為了維持秩序，每位婦女掌心都用粉筆寫上一個數字，代表她在隊伍中的位置。一名警察在那裡拿著粉筆寫數字。當珍妮終於排到櫃檯時，她用事先準備好的盧布買了三枚金戒指。

回火車站的路上，珍妮留意到我想送給妳的那樣東西，羅莎。它只值六十戈比（Kopek，一盧布等於一百戈比）。她一時興起買下它。它勾起她的幻想。它可以和她的盆栽聊天。

她得在火車站等上許久，才有回程火車可坐。羅莎，妳知道的，這些俄國火車站，變成了一座座漫長等待的乘客營地。珍妮將一枚戒指套在左手的無名指上；其他兩枚藏在更私密的地方。火車到站，她爬了上去，一名軍人給了她一個角落位置，她鬆了一口氣：這樣她就能睡了。她在邊界沒遇到任何麻煩。

珍妮在札莫希其將金戒指以兩倍價格賣出，儘管如此，還是比波蘭任何一家店的售價便宜許多。扣除掉火車費用，珍妮賺了一筆小橫財。

她把我想送妳的那樣東西，放在廚房窗台上。

「百科全書的目標，是萃集散落在地表上所有的知識，將整體系統展示給同代之人，並傳遞給踵繼之輩，以便過往數世紀的成果，不致在未來數世紀淪為無用，以便我們的子孫能因此更加淵博，或許更富德性並更為幸福⋯⋯」

1750 年，狄德羅（Diderot）如此解釋在他協助之下新創完成的百科全書。

珍妮擺在窗台上的東西，有點類似百科全書。那是一個薄紙板盒，四開大小。盒蓋上是一張白領姬鶲（Collared Flycatcher）的彩色版畫，下面有兩個用西里爾字母（Cyrillic）印刷的俄文：「鳴禽」。

打開盒蓋。裡面擺了三排火柴盒，每排六個。每個火柴盒上都有一張標籤，印了一隻不同鳴禽的彩色版畫。十八位不同的歌唱家。每幅版畫下方，都以小字印了那隻鳴禽的俄文名字。曾以俄文、波蘭文和德文振筆疾書的妳，應該能看懂。我就沒辦法了。我得靠猜的，用我零星賞鳥的模糊記憶。

在一隻禽鳥飛過或消失在樹籬時辨識出牠的身分並感到滿足，是一種奇特的感受對吧？這關乎一種瞬間即逝的奇異親密感，就好像在你認出那隻鳥的那一秒，你不顧周遭無數事件的紛繁喧囂，與牠打招呼，用牠專屬的獨特小名稱呼牠。牛屎鳥（Wagtail，鶺鴒）！牛屎鳥！

標籤上的十八隻鳥，我約莫認出五隻。

盒子裡裝滿綠頭火柴。一盒有六十根：一分鐘有

六十秒，一小時有六十分鐘。每一根都是一團蓄藏的火焰。

妳曾寫道：「現代無產階級的鬥爭並非根據某本書或某種理論所制定的計畫而進行；現代工人的鬥爭是歷史的一部分，是社會進步的一部分，而我們是在歷史當中，在進步當中，在戰鬥當中，學習我們必須如何戰鬥。」

紙盒的蓋子上，有一段簡單說明，是寫給 1970 年代收藏火柴盒標籤紙的蘇聯藏家〔今日稱為「火柴紙收藏家」（phillumenists）〕。

那段說明提供了以下資訊。在演化上鳥類早於動物出現，今日全世界約莫有五千種鳥類；蘇聯有四百種鳴禽；唱歌的大體是雄鳥。鳴禽有特別發達的聲帶，位於喉嚨底部；牠們通常築巢在灌木、樹木或地上；鳴禽有助於糧食農業，因為牠們會吃掉並消滅大量昆蟲。近來在蘇聯的偏遠地區，鑑識出三種會唱歌的新品種雀鳥。

珍妮把紙盒擺在廚房窗台上。紙盒帶給她歡樂，冬天時，會讓她想起鳥鳴聲。

妳因為激烈反對第一次世界大戰而遭到監禁，那段期間，妳聽著一隻藍山雀的歌聲，「牠總是靠近我的窗戶，和其他鳥兒一起飛來等待投餵，認真唱著有趣小曲，塞—塞—貝，但聽起來很像孩子的淘氣作弄。牠總是令我發笑，我會用同樣的小曲回應牠。這個月開始，那隻鳥和其他小鳥全都消失無蹤，不用懷疑，肯定是到別處築巢了。一連好幾個星期，我沒看見牠也沒聽到牠。昨天，牠那熟悉的調子突然從牆的另一邊傳來，那道牆將我們的庭院與監獄另一處區隔開來；但那調子有了明顯變化，那隻鳥接連叫了三次，塞—塞—貝，塞—塞—貝，塞—塞—貝，然後一切靜止。牠深深觸動我的心，因為來自遠方的這聲急切呼喚，傳達出如此豐富的訊息——一整部鳥類生命史。」

幾個禮拜後，珍妮決定把紙盒放進樓梯下方的櫥櫃裡。她覺得那個櫥櫃是某種避難所，是她家最接近地窖的地方，她把儲備品都放在裡頭。她所謂的儲備品包括一罐鹽，一罐料理用的糖，一大罐麵粉，一小袋蕎麥和火柴。大多數的波蘭家庭主婦都會保存這類儲備品，萬一碰到某種國家危機，商店貨架上突然空空如也時，就可以充當最基本的維生物資。

這種等級的危機，下一次會在 1980 年登場。同樣是從格但斯克爆發，那裡的工人罷工，抗議食物價格高漲。他們的行動催生出全國性的團結工聯（Solidarnosc）運動，團結工聯最後推翻了執政當局。

早在一世紀之前，妳就曾寫道：「現代無產階級的鬥爭並非根據某本書或某種理論所制定的計畫而進行；現代工人的鬥爭是歷史的一部分，是社會進步的一部分，而我們是在歷史當中，在進步當中，在戰鬥當中，學習我們必須如何戰鬥。」

2010 年珍妮過世，她的兒子維特克（Witek）在樓梯下的櫥櫃發現那個紙盒，他把紙盒帶到他工作的巴黎，他是水管工和營建工。他將紙盒送給我。我們是老朋友了。我們的友誼是在夜復一夜的打牌中建立起來的。我們玩的是一種俄羅斯和波蘭牌戲，名叫「Imbecile」。在這種牌戲裡，第一個將牌丟完的人是贏家。威特克猜想，那個盒子會勾起我的好奇心。

我在第二排火柴盒上的鳥類中，認出一隻朱胸赤頂雀（linnet），有著粉紅色的胸膛以及尾巴上的兩

道白條紋。朱埃特！朱埃特！……往往會有好幾隻在灌木叢頂端齊聲合唱。

1917 年妳被監禁在波茲南（Poznan），妳在信中寫道：「盡最大努力讓我恢復理智的，是一位小朋友，隨信附上他的圖片。這位同志有著歡快揚起的嘴巴，陡聳的前額，和自以為無所不知的眼睛，學名是籬鶯（Hypolais hypolais），日常俗名是涼亭鳥，也叫花園學舌鳥。」妳在信中繼續寫了以下內容：「這隻鳥真是個怪胎。他不像其他鳥，只唱一首歌或一段旋律，他是個老天賞飯吃的公開演說家，他滔滔不絕，對著花園開講，聲音嘹亮，戲劇感十足，充滿抑揚頓挫、激昂亢奮的段落。他提出各種最不可能的問題，急切地自問自答，胡言亂語，做出最大膽的論斷，厲聲反駁沒人提出的觀點，飛衝過敞開的大門，然後突然發出勝利的歡呼：『我不是說過了嗎？我不是說過了嗎？』接著，他鄭重警告每個想聽或不想聽的人：『你們等著看！你們等著看！』」（他有個厲害的習慣，每個金句妙語都會重複兩次。）

羅莎，朱胸赤頂雀的盒子裡放滿火柴。

1900 年妳寫道：「其實群眾是他們自身的領袖，以辯證路徑打造出自己的發展程序……」

該怎麼將這組火柴盒送給妳呢？那些刺客殺了妳，把妳的屍體肢解丟進一條柏林運河。三個月後，屍體在死水中發現。有人懷疑，那是否是妳的屍體。

我可以藉由在這個黑暗時代寫下這幾頁文字，將那個紙盒送給。

「我過去是，現在是，未來也是，」妳說。妳活在妳為我們樹立的榜樣裡。那個紙盒就在這裡，我將它送給妳所樹立的榜樣。

---

1. 這裡的羅莎是指羅莎・盧森堡（Rosa Luxemburg, 1871–1919），出生於今日波蘭的德國馬克思主義政治家、社會主義哲學家與革命家，德國共產黨的創始人之一。她是伯格非常敬重的人物，他曾寫過多篇以她為主題的文章。

沒教養

IMPERTINENCE

沒教養

最近，我重讀了阿爾貝·卡謬（Albert Camu）精彩
的《第一人》（*The First Man*）。在書中，他回顧了
童年與早年生活，尋找是哪些因素造就出日後的
他，日後那位作家。他這麼做，不帶有一絲自我
中心的色彩。那本書是關於當時的世界，是關於
大歷史。

看完之後，我開始自問，是哪些因素造就出如我
這樣的說故事者。我得出一條線索。和卡謬的發
現自然無法相提並論。就是個深入思考過的看法，
可以簡單筆記一下。

自我有記憶開始，我一直有種孤兒之感。一種奇怪的孤兒，因為我有摯愛的雙親。我的處境與可憐沾不上邊。不過，某些客觀的物質條件讓這種感受成為可能，甚至助長了這種感受。

我很少見到父母。在家時，是由一位紐西蘭家庭女教師照顧我，母親則在廚房裡忙活，製作蛋糕甜點拿到市場販售。那是 1930 年代，父母得要很辛苦才能支撐他們的生活方式。在家庭女教師和我居住的那兩個房間裡，有一只大衣櫃，女教師稱它為「哭櫃」（Cry Cupboard）。我一哭，就會被關進去。母親有時會上樓，來那兩個房間看看我們在做什麼，還給我們帶上一盒自家製的巧克力軟糖。

我很小就進了寄宿學校。一學期大約三個月，父母一學期會來看我一次，在某個週六下午帶我出去。

我們唯一的家庭聚會是聖誕節。與叔舅姑姨堂表兄妹一起享受為期三天的節慶。從我沒幾歲大的時候，每次吃完豐盛的聖誕大餐，大人就會叫我在家庭聚會上講話，逗他們笑，彷彿我是來自外

地的怪胎傳信人。

十六歲時，我逃離寄宿學校，在倫敦和朋友一起尋找獨立生活的方式。我們辦到了。聖誕節時，我們會去拜訪我父母，一同慶祝。我的第一輛輕型機車是父親送我的。十八歲那年，我央求父親讓我幫他畫肖像。父親小時候曾想當個畫家，可環境並不允許。但他保留了一件畫作充當紀念，是一幅畫在金屬板上的大理花，對小時候的我來說，那塊畫了圖的金屬板，是某種護身符。

身為孤兒，你學習自給自足，學習隨之而來的交易技巧。你成了自由工作者。

身為自由工作者，從四、五歲起，我便把我所有遇到的人，都看成像我一樣的孤兒。而我認為，直到現在我還是如此。

我提議組一個孤兒共謀團體。我們用眼神交換訊息。我們拒絕層級制度。拒絕所有的上下關係。我們把世人眼中的理所當然視為狗屎，我們交換夾縫求生的故事。我們沒教養。宇宙裡半數以上的星星是孤星，不屬於任何星群。但它們發出的

光芒，超過了所有的星群。

是的，我們沒教養。我想，我也是以同樣的方式
接近讀者，與你們聊天。就好像你們也都是孤兒。

跌倒的藝術：
幾則筆記

SOME NOTES
ABOUT THE ART OF FALLING

跌倒的藝術：幾則筆記

在他眼中，世事冷酷無情又莫名其妙。他將這視為理所當然。他的精力都專注於當下事務，專注於夾縫求生，專注於找到一條出路，通往稍稍光明的未來。他觀察到，生活裡有許多情境和狀況會一再發生，因此，儘管它們很奇異，卻也變得很熟悉。打從幼年起，他就對各種箴言笑話、勸誡暗示、訣竅門道、閃躲推託習以為常，這些都和日常裡反覆出現的生活難題有關。因此，他能預測自己將對抗什麼，並用從俗諺中學到的先見之明來面對它們。他很少驚慌失措。

以下就是一些俗諺先見裡的至理名言。

屁股是男性身體的核心；攻擊對手時你第一
腳就要踢屁股，屁股也是你被擊倒時最常著
地的部位。

女人是另一個軍種。最重要的是觀察她們的
眼睛。

有權有勢者總是體格壯碩，神經緊繃。

說教者只愛自己的聲音。

沒有任何言詞可以指稱或說明日常遇到的麻
煩、無法滿足的需求，以及受挫氣餒的慾望。

大多數人沒有自己的時間，但他們並未察到
這點。他們被追著跑，不斷追求自己的人生。

你和他們一樣，什麼也不是，直到你勇敢往
旁邊一站，冒險伸出你的脖子，這時，你的
同伴會突然停住，好奇地看著你。而在那好
奇的沉默中，存在著每一種母語可能想像到

的每一個詞彙。你創造出一個被認可的間隙。

那些一無所有或近乎赤貧的男女行伍，可匀出一個大小剛好的孔洞，讓一名小傢伙躲藏容身。

消化系統往往不受我們控制。

帽子不是用來遮風擋雨；帽子是用來標示身分。

扯下男人的褲子是羞辱；撩起女人的裙子是啟蒙。
在一個無情的世界裡，一根枴杖可能會是一名夥伴。

有些至理名言適用於不同的場合地點。進入建築物內部大都需要錢，或錢的相關證明。

樓梯就是滑梯。

窗戶是用來扔東西或爬進爬出。

陽台是往下爬或把東西往下丟的地方。

荒野是藏身之處。

所有的追逐都是在轉圈。
踏出任何一步都可能是錯的，所以要踏得漂
亮踏出風格，萬一不小心踏到狗屎就能轉移
注意力。

諸如此類的東西，是一個在二十世紀初於倫敦南
岸藍貝斯貧民區（Lambeth）廝混長大的孩子會有
的俗諺先見，差不多十歲大吧——十歲，你人生
中第一個二位數的年紀。

這樣的童年，有很多時間是在公家機構度過：起
先是收容所，接著是為貧困孩童設立的學校。漢
娜，他深深依戀的母親，沒有能力照顧他。漢娜
的大半人生，都被關在精神病院。她出身自倫敦
南岸一個秀場藝人的圈子。

為貧困者設立的公家機構，例如收容所和棄童學
校，在組織方式與空間格局上，都和監獄很像，
至今依然。失敗者的監獄。每當我想到那名十歲
大的孩童，以及他所經歷的一切，我就會想起今
日某位朋友的畫作。

我的朋友米歇爾‧關（Michel Quanne），在他四十幾歲之前，有一半的時間待在監獄裡，多次因為小竊盜被關進大牢。他在獄中開始畫畫。

他的主題是監獄之外自由世界正在發生的故事，出自一名囚犯的視角和想像。這些作品的一大特色，是畫中所描繪的場所和地點都是無名無處的。畫中的人物和主角都栩栩如生、性格鮮明、活力充沛，但人物置身的街角、華廈、出入口、天際線與小巷弄，卻都荒涼空洞、不具面貌、缺乏生氣、冰冷漠然。沒有一處帶有一絲母親撫觸的暗示或痕跡。

我們是透過監獄牢房裡那扇透明但無法穿透、冷酷無情的玻璃，看著外面世界的無名場所。

那個十歲大的男孩漸漸長成青少年，長成年輕男子。他個頭矮小，骨瘦如柴，配上一雙敏感銳利的藍眼睛。他唱歌跳舞。他也模仿表演。他以默劇形式，在五官表情、考究手勢和自由但不屬於任何地方的周身空氣之間，創造出精采紛呈的對話。身為表演者，他變成一名技巧高超的扒手，從一個又一個困惑絕望的口袋裡，掏出歡聲笑語。

他拍攝影片，親自出演。電影裡的場景荒涼空洞，無名無處，沒有母親。

親愛的讀者，你猜到我在說誰了，對吧？查理，卓別林（Charlie Chaplin），那個「小傢伙」，那個「流浪漢」。

1923 年，他的團隊在拍攝《淘金記》（*The Gold Rush*）時，工作室裡針對劇情發展討論得熱火朝天。這時，有隻蒼蠅飛來飛去分散他們的注意力，大為光火的卓別林，叫人拿一根蒼蠅拍給他，想要打死那隻蒼蠅。他沒打中。過了一會兒，那隻蒼蠅停在他旁邊的桌子上，很容易打到。於是他拿起蒼蠅拍朝牠揮去，卻突然煞車，又將蒼蠅拍放了下來。其他人問：幹嘛不打？他看著他們說道：「那不是同一隻蒼蠅。」

羅斯柯・阿巴寇（Roscoe Arbuckle）是卓別林最愛的「壯碩」合作者之一，在蒼蠅事件發生前十年，他曾說道，他的夥伴卓別林是一個「千真萬確的喜劇天才，毫無疑問，他是我們這個時代唯一一位會在百年之後被人談起的人」。

一百年過去了，而「肥仔」（Fatty）阿巴寇的話也應驗了。在那一百年，世界發生了劇烈改變，包括經濟、政治與社會層面。隨著「有聲電影」（talkies）的發明和好萊塢新體系的建立，電影也起了變化。然而，卓別林早期電影的驚喜、幽默、尖銳或啟示，卻不曾流失分毫。不僅如此，它們與這個時代的關聯性，似乎比以往任何時候更加密切，更為緊逼。它們是對現下二十一世紀的貼身報導。

這怎麼可能？我想提供兩個觀點。第一是和卓別林對世界的看法有關，也就是我們前面提到的俗諺世界觀；第二是和他扮演小丑的天賦有關，弔詭的是，這點在很大程度上，得歸功於他童年遭受的磨難。

今日，全球投機性金融資本主義的暴君，將國家政府當成奴隸主使喚，將世界媒體當成毒品分銷商，這位暴君的唯一目標，就是追逐利潤和不斷累積，他強加給我們的生活觀點與模式，就是緊張忙亂、危險動盪、冷酷無情、莫名其妙。而這種對生活的看法，甚至比卓別林拍攝早期電影的那個時代，更接近那位十歲男孩的俗諺世界觀。

今早，報紙上有一則新聞，說心胸較為開放、較為正向真誠的玻利維亞總統埃沃·莫拉雷斯（Evo Morales），提議制定一條新法律，讓年滿十歲的孩童可以合法工作。因為此際，玻利維亞有將近五十萬的孩童，為了幫助家庭餬口維生，正以非法狀態工作著。他的新法可以為他們提供些許司法保護。

六個月前，一艘禁不起風浪的船隻，載了來自非洲和中東的移民，想要在歐洲偷渡上岸，尋找工作，卻不幸在義大利蘭佩杜薩島（Lampedusa）附近的海域沉沒，四百人命喪大海。全球各地，有高達三億的男女孩童為了餬口正在尋找工作。小流浪漢早已千千萬萬。

看似莫名的問題與日俱增，益形加劇。普選政治變得毫無意義，因為國家政客的論述，與他們要做什麼或能做什麼不再有關。今日世界的重大決策，全都是由不知其名且不做政治表態的金融投機客和他們的代理人所決定。就像那位十歲男孩所認定的：「沒有任何言詞可以指稱或說明日常遇到的麻煩、無法滿足的需求，以及受挫氣餒的慾望。」

小丑知道生活殘酷。古代弄臣五顏六色的服裝，將他常見的憂鬱表情轉變成笑話。小丑習慣失敗。失敗是他的開場白。

卓別林的滑稽動作貴在重複與漸強。每次他跌倒，他都會重新站起來，變成一個新的人。一個既相同又不同的新人。他保持輕快的祕訣，在於他的多重多樣。

也是這種多重多樣，讓他能懷抱下一個希望，儘管他早已習慣希望被一次次粉碎。他淡定地承受一次又一次的羞辱：即便反擊時，他也帶著一絲遺憾。這樣的淡定使他變得無懈可擊 —— 無懈可擊到近乎不朽。我們在自身無望的人生馬戲團裡，感受這樣的不朽，以我們的笑聲致謝。

在卓別林的世界裡，「歡笑」是不朽的暱稱。

卓別林有一些八十多歲時的照片。有一天，我看著那些照片，發現他臉上的表情很面熟。但我不知原因何在。後來，我想到了。我去做了查證。他的表情與林布蘭（Rembrandt）最後一張自畫像很神似：《扮演歡笑哲人德謨克利圖的自畫像》

（*Self-portrait as a Laughing Philosopher or as Democritus*）。

「我只是個微不足道的喜劇演員，」他説：「我所有的冀望，就是讓人們發笑。」

死神也在世外桃源

ET IN ARCADIA EGO

死神也在世外桃源

斯堪地那維亞地廣人稀，它的居民即便比肩生活
或聚集成群時，也拒絕融為一體。就「一體」一
詞的嚴格物理意義而言，他們依然是分離的。這
種不願融合，或需要保持個別獨立，並非個人主
義的單純表現，因為同樣這群人，在其他方面都
是順從的，熱心公益的，遵循傳統的。這或許和
喀爾文教派的意識有些關聯。但還有其他原因，
而且和喀爾文主義並不相干。他們全都繼承了某
種理想，某種幸福不羈，這種理想需要共同的記
憶來維繫，部分虛構，部分真實，童年夏日的記
憶，陽光雨水的記憶，以及日子永無止境的記
憶。所有的文化都會虛構自己的世外桃源（Arcadia），

但這個世外桃源與斯堪地那維亞的地理氣候息息相關。該地的冬天漫長黑暗難以忍受，而一年兩個月的夏日，伴隨著或長或短、由緯度決定的白夜，就像是用體力賺來的一筆報酬，就像純真的一聲宣告。

在我寫下這些文字時，我突然想起斯溫（Sven）的畫，那是十年前，他在布列塔尼外海的美麗島（Belle-Isle）上創作的。裸體，衝浪，奔流過岩石的海水，閃閃發亮的陽光觸及萬物，一望無際的視野。事實上，它們就是那種幸福不羈的影像，那些童年夏日的影像。

在斯堪地那維亞的夏日，男女老幼都會盡可能把衣物脫除，脫到不覺丟臉的程度，讓陽光、海水與得到回報的身體彼此碰觸，讓這三重純真相互撫摸。

我來斯德哥爾摩參加他的葬禮。

我們是五十年的老朋友，一起做過很多事。我們一起修屋頂。我們一起煮飯。我們合作寫書。我們一起旅行。我們一起和水泥。我們一起示威。

有時，我們會在同一個禮拜讀同一本書以便討論。斯溫的政治立場還沒有名字——或許二十年後，當今日正在上演的世界變革更容易理解時，它會被命名。因為沒有更好的術語，他樂意被稱為無政府主義者。就算他被貼上恐怖主義的標籤，他也只會聳聳肩。

他走起路來晃晃悠悠，彷彿正騎在駱駝上。講起話來慢條斯理，聲音教人異常安心——就像有人偷偷在你耳邊低聲說，停戰通告發布了。當他堅持己見時，當他不肯妥協時，當他還有頭髮時，他會怒髮衝冠！他骨節分明的修長手指，以特別大的指尖收尾，那像是某種保證，即便蒙上眼睛他也能分辨出品質好壞。而這點也能讓男女兩性都感放心。

雖然他又瘦又高，游泳時卻輕鬆優雅如海豚。

葬禮前一天，我去了斯德哥爾摩國家博物館，去看我們一起看過的畫。那裡有一幅蓓兒忒‧莫里索（Berthe Morisot）的風景畫，他特別喜歡。他說，那幅畫像連身裙的內裡，輕觸著肌膚的連身裙內裡！

大約四十年前那個夏天，我第一次在斯溫和羅曼妮（Romaine）的房子住了幾個月，位於南法沃克呂茲省（Vaucluse）。他們的女兒卡琳（Karin）剛剛出生。那棟房子相當原始，有兩棵無花果樹，四周環繞著櫻桃和杏桃果園；沒有電，也沒有自來水。我們收集雨水供洗滌之用，從小村的一處水泉取得飲用水。在廚房的壁爐上煮飯。中午天氣炎熱時，雞會來廚房乘涼。還有兩隻狗。羅曼妮在戶外工作，敲鑿當地的石頭，製作雕刻。她經常滿頭滿身都是白灰。斯溫在樓上的棚屋裡畫畫。這棟四房住宅裡唯一的奢侈品，是一間書房，裡頭擺滿斯溫的書，我在那裡工作。我們把所有的錢都擱在廚房壁爐台上的一個碗裡。到處都是蟬鳴聲，入夜有貓頭鷹呼號。那裡一點也不斯堪地那維亞，但斯溫將他的世外桃源隨身攜帶，我們在七、八月為此吃了苦頭，因為有越來越多訪客前來，而且不願離開。他們睡在草地上，或搭起帳篷露營。

斯溫和我烹煮晚餐，為賓客上菜。我們只用搪瓷盤子，方便堆疊且不會打破。大家只能坐在終有一天會被羅曼妮雕鑿的石頭上，或從一輛二汽缸雪鐵龍上拆下來的汽車座椅。賓客來自巴黎、德

國、倫敦、斯德哥爾摩。有科學家、教授、醫生、藝術史家和建築師，斯溫的魅力、款待和手腕，讓他們相信，自己（不小心）掉進了「天堂」。

自下午三點起陸續有七位訪客抵達。我們聽到另一輛車正沿著通往房子的土路駛來。這棟房子的前屋主是一位老農，臨死前，他將房子送給斯溫，巧妙逃過政府之手。我看著手錶。斯溫信心滿滿地說：今晚我們會有 C 套餐。我來生火，你去弄東西！

C 套餐指的是，我要開車去卡瓦永（Cavaillon）的公共垃圾場，挑選還可以吃的蔬果，這些蔬果是在市場關門後扔掉的。離開廚房前，我從碗裡拿了錢，準備買麵包。

在國家博物館裡，有一幅我沒看過的林布蘭畫作，我們一起逛博物館時，它沒掛在牆上。畫的主角是西緬（Simeon）[1]，那位在聖殿裡將聖嬰耶穌獻與主的老人。他隨即將說出那句著名的「主啊！如今可以照你的話，釋放僕人安然去世」（Nunc Dimittis）。

我想素描這幅畫，但和那段文字無關。我只是想藉此細細觀察那個襁褓中的嬰兒，他像條魚一樣躺在老人伸出的前臂上，那兩隻手的拇指和另外八根指頭，幾乎沒有真的碰到他。

斯溫當全職畫家的時間超過六十年，而那段時間他賣出的畫，比我認識的任何一位藝術家都少。可想而知，他所面臨的物質困難相當嚴重。他總是缺錢。在他一生中大部分的時間，連最小牌畫家覺得可接受的畫室都沒有。除了少數朋友，他也沒得到認可。儘管如此，他幾乎沒有一天未拿起畫筆、蠟筆或鋼筆作畫，許多日子更是工作到忘了時間，完全進入那種純真狀態，連大自然都會感到驚喜的夏日純真。

我總是覺得，並非斯溫挑選他的受畫者，而是那些受畫者下訂單給他。他的受畫者變成他的客戶：一段海岸線，一座櫻桃園，一條穿越城市的河流，一道山脈，一株葡萄的扭曲枝幹，一位朋友的臉。在他罹患晚期帕金森氏症的最後幾年，在每一個他足夠強壯的日子，他的客戶都會是一盤水果，在他與家人居住的斯德哥爾摩市中心公寓裡，他用顫抖的修長手指，將水果盤擺放在桌角。他用

油畫棒畫那些水果的靜物，很少超過明信片大小。他覺得談論自身困境是浪費時間，因為他相信天命。他仰仗意外的幸福（當然，他指出，你得有本事在它們出現時認出它們）；他仰仗印象畫派家畢沙羅（Pissarro）立下的榜樣，畢沙羅不僅是偉大畫家，而且心地善良，高貴如黃金；他仰仗不期而然的相遇（問題是你得時時睜亮雙眼；大多數人做不到）；他仰仗自然的奧祕。正因如此，在他人生最後階段那些非常小幅的靜物畫裡，所有的色彩都能彼此交流。也因如此，他活得無怨無悔。他會生氣，但他個人沒有任何怨恨。當他聆聽巴哈時，他對天命的信仰更加堅定不移。

不贊同斯溫的人，認為他死腦筋。他從未退縮，從未公開改變自己的看法。他總是勇往直前。在他人生最後幾個月，若無人協助，他只能二十公分、二十公分地往前移動，五公尺根本是天方夜譚的遙遠距離，即便在這種情況下，他還是不斷前進，或者，他會閉上眼睛休息，直到他有力量繼續前進。其他人不贊同他，因為他將畢生奉獻給藝術，但在他們眼中他不是天才。他們忽略了那份堅持的高貴性。

他死於心臟病發，死時獨自一人，離他擺放小水果盤畫靜物的桌子只有幾公尺。那是一年中白晝最長的一天，2003 年 6 月 21 日。屍體被人發現時，白晝已略略變短。

葬禮在下午兩點舉行，地點是南郊的森林公墓（Skogskyrkogärden）。我們決定搭地鐵去，打算抵達後先吃個三明治，再前往指定教堂。經過半小時等待，一輛火車駛來，我們爬上車。男人全都穿短褲，女人全部露肩膀。天氣很熱。火車一路搖晃，窗戶全開，車廂裡瀰漫著一股寬容，對於笨拙之愛、粗野不雅、錯失機會、長斑背部、奇怪咕噥、汗濕頭髮、熱燙腳丫的寬容：對於真實生活的寬容。

我們下車的地方，有兩家花店和看似無盡延伸的墓園。我們每個人都買了一枝玫瑰，準備放在他的棺木上。那裡沒有任何地方能買到任何吃食。要吃東西，我們得搭地鐵回到上一站，也就是墓園的入口。

我們這麼做了。那裡有更多花店，花店前方是一片現代集合住宅，建在一塊草皮廣場四周。在那

塊被建築包繞的廣場入口處，我瞥見一家餐廳的指標，上面有個箭頭。我們跟著箭頭走，希望能找到三明治。店裡有許多桌子和一條自助式點餐檯。套餐是白醬煮鱈魚佐水煮馬鈴薯。一大堆蛋糕和五顏六色的點心，如玩具一般陳列出來，供賓客挑選。咖啡。茶。蘋果汁和他們所謂的小啤酒（酒精濃度二趴）。等待的隊伍中，很多人拄著枴杖。食堂裡，一應擺設都是白色，光滑的白色──宛如擺放餐具的白色金屬抽屜。還有一股淡淡的塑膠管氣味。又進來三名坐在輪椅上的顧客。就在我猶豫著不知該拿什麼飲料時，排我身後的男子說：小啤酒聊勝於無！

幾分鐘後，我注意到一男一女穿著白色制服，戴了塑膠手套，手上拿著點滴瓶，並將瓶子兩兩擺在一起。原來這間食堂是為老人公寓設置的，拜駐場醫療照護之賜，這些老人依然能自力生活。他們的食堂也對公眾開放。

每位用餐者都選了不同的桌子坐下。他們保留自己的獨立性，一如車站等候室裡的乘客。他們共同的目的地，位於馬路對面的花店後方。

他們低垂眼眸，研究著自己盤裡的食物。日復一日目睹其他每個人明晃晃的孤寂，恐怕比自身的孤寂更難承受。唯一的例外，是那位小啤酒男子，他逐桌晃悠，不斷重複：又是炎熱的一天！然後，他咧嘴一笑，決定加入我們這桌，就在我們差不多該起身離開以免葬禮遲到的時候。

外面的空氣熱得像一匹汗馬的喘息，墓園與它的寂靜極目延伸，一望無際。

葬禮結束後，前來送行的約莫一百位親友，受邀參加花園自助餐會，斯溫在花園所屬的那棟建築裡，有一間市府分派給他的畫室。有那麼一刻，我離開花園，打開我記得是位於一樓的那扇門。畫室整潔異常。那樣的整潔證明了他已不在。畫架上空無一物。一些畫布不再面牆放置，而是可以看到內容；強大的看起來更強大，虛弱的看起來顯悲涼。然而，最教我震驚的，是一張大型複製畫，就釘在面對畫架的那道牆上，眼睛平視的高度。那是林布蘭畫的西緬。

我回到花園，與喪家和賓客一同喝酒，並問起那幅複製畫，但沒人能確定斯溫是何時得到它並將它釘

在那裡。一般認為，那是林布蘭最後一件作品。

葬禮隔天，瑞典朋友借我一輛五百五十 CC 的山葉牌老機車，我們騎著它朝北邊的群島駛去。那座群島有豐富的島嶼、海峽、峽灣、半島和港灣，以某種方式複製了「記憶」的地形，因此很容易變成傳奇童年的夢幻場址。這些童年包括航海技巧以及對航行的熟悉，這些都不是夢境般的東西，而是透過繫打結繩、調整風帆、拖船上岸、掌舵技巧等各種實踐鍛鍊而成，世外桃源的夢想是由傳統現實打造而成。每個來到群島超過五十五歲的男人都戴上帽子，假裝自己是昔日船長。

我們騎著機車往北，目標富魯松德島（Furusund），島長三公里，寬約一公里。

島嶼東南角有一個停靠碼頭，一間商店，一家咖啡館和許多金髮裸腿的巨人，有男有女，他們以超慢速度舔食冰淇淋，觀察天空，幫小艇加油，拎著毛巾去沖澡，因為在海上游了很遠，他們讓穿了救生衣的學步小兒獨自在船隻甲板上晃走。

時近黃昏。我們旁邊一位短袖短褲的船長，拿了

一枝冰淇淋給一名小男孩，我留意到男孩在踢足球。他的雙腳非常靈活。

今天早上我看到一頭麋鹿，男孩對船長說。

這個時節，我有點懷疑。

我真的看到了。

牠有幾隻角？

我沒時間數——牠跑掉了。

這時，他倆都住了口，朝水面望去。一艘船出現，沿著富魯松德島和伊克斯蘭島（Yxlan）中間的海峽向北航行。

那艘船的規模大到不可思議。比四座森林疊起來還要高。她悄無聲息地航行而過，彷彿那不可思議的龐然足以突破視覺但無法穿越聽覺。明天早上她會抵達赫爾辛基，就在太陽剛剛照亮一棟四層樓高的黃色建築之後，她會停在那棟建築前方。你的麋鹿是怎麼登上這座島的？船長問。

地游過來的，男孩回答，肯定是游過來的。

麋鹿移動時會成群結隊。牠們不是獨行俠，而且牠們不會在海裡游泳。

那這隻肯定是迷路了。我在樹林中間看到他；他是一隻老麋鹿。

我加入碼頭上的民眾、小孩和狗狗。他們全都站在那裡，目瞪口呆地看著那艘大到不可思議卻又寂靜無聲的白色船隻，這樣的目瞪口呆已成了習慣，因為同一艘船或她的姊妹船會在每天傍晚的同一時間航行而過。

十五年前，我搭過這條航線。我騎著機車在赫爾辛基那棟四層樓黃色建築旁下船。當時我正在寫小說，我把那艘船寫進故事裡。我將她描述成載運死者渡過冥河的那艘船。

如果事先知道，我們寫的故事有可能追上我們，我們會改變寫法嗎？我想不會。但當時我在船上，身為說故事者，我是命運的主宰。當時的我是航海家。我甚至有可能受邀登上船長的橋樓。而此

刻，身在富魯松德島上，我仰望著同一艘船隻通過，感覺和其他人一樣渺小。甲板上的少數乘客，從類似吊橋的高度俯視著我們。只有我知道，斯溫就在船上。

我在樺樹間行走，聆聽當它們生長在鹹水旁時樹葉會發出的獨特聲響。然後我轉回咖啡館。

天氣會一直這樣嗎？男孩問船長。

是的，明天會是好天氣。

明天我要在太陽升起之前去找那隻麋鹿。

那艘白船駛過富魯松德北端，沒了蹤影。

一星期後的法國上薩伏衣省（Haute Savoie），我在戶外用柴火燒魚，兒子伊夫（Yves）端了一杯葡萄酒給我，還遞了一碗橄欖到我面前。當時天色漸暗，煙又燻得我雙眼痠痛，所以我沒朝碗裡看，直接用手指摸拿了幾顆，把其中一顆丟進嘴裡。我將籽吐出，試著辨識它的味道，辛辣，苦黑，希臘，這時，一個想法閃過心頭：從現在開始，

我也要幫斯溫品嚐橄欖了。

我揉著眼睛，猛然想起：斯溫和我是在倫敦的普桑（Poussin）大展中初次相遇並交換地址，《死神也在世外桃源》（*Et in Arcadia ego*）是展出的作品之一。畫中描繪一名牧羊女和三位世外桃源牧羊人，因為一座墳墓而停下腳步，那是他們最不會想到會出現在那裡的東西。其中一人將墓碑上的刻文唸給其他人聽。[2]

太精彩了！斯溫說，他興奮地寒毛豎起。畫中的一切全都引領著目光盯向那名朗讀碑文男子的手臂陰影！你看到沒？這個影子！他指著說。

---

1. 西緬：根據路加福音第二章的記載：「在耶路撒冷有一個人，名叫西緬；這人又公義又虔誠，素常盼望以色列的安慰者來到，又有聖靈在他身上。他得了聖靈的啟示，知道自己未死以前，必看見主所立的基督。他受了聖靈的感動，進入聖殿，正遇見耶穌的父母抱著孩子進來，要照律法的規矩辦理。西緬就用手接過他來，稱頌神說：主啊！如今可以照你的話，釋放僕人安然去世；因為我的眼睛已經看見你的救恩——就是你在萬民面前所預備的：是照亮外邦人的光，又是你民以色列的榮耀。」這段話也稱為「西緬頌」，是基督教晚禱儀式中的一部分。
2. 這裡的碑文也就是該畫的名稱：「Et in Arcadia ego」，直譯是「我也在阿卡迪亞」，這裡的「我」是指死神，阿卡迪亞則是西方版的世外桃源。這句拉丁文是提醒世人，勿忘人終歸一死，即便在世外桃源，死神也不缺席。

保持警戒

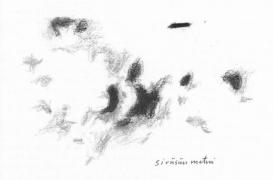

si rüşün metn

ON VIGILANCE

保持警戒

許多人有自己最愛的酒吧，喜歡在那裡和朋友碰面，一起喝酒。我比較喜歡和朋友在家裡喝。但我有自己最愛的市立游泳池，我去那裡，按照自己的步調來回游著，與其他泳客錯身而過，我不認識他們，但我們會交換眼神，有時也相互微笑。

規定必須戴泳帽。還要先用洗髮精沖澡，才能跳水或從角落梯子進入泳池。我跳水而入，手臂在水下第一次划動時，感覺像是進入到另一個時間框架，有點類似小孩在家決定從某一樓層走到另一樓層時可能會有的感覺。

身為泳客，我們分享一種平等主義的匿名性。沒有鞋子，沒有階級標誌。只有身上的泳衣。如果錯身時不小心碰到其他泳客，你會道歉。在這裡，當你轉身游第二十趟時，你無法想像那種對待他人與自己的無限殘忍，那種我們在接受嚴格控制與規訓時能夠做到的殘忍。

市立游泳池的外牆和屋頂都是玻璃材質。從水中可以看到周圍建築與天空。泳池西邊是一道草坡，坡頂長了一株巨大高聳的銀楓。側泳時我會看著那棵樹。

那棵樹有許多上揚的枝條，整體形狀很像它的任何一片葉子。（對大多數的樹種而言，這點或多或少都挺明顯。）楓葉是羽狀（pinnate）──「pinnate」一字源自於拉丁文的「pinna」，羽毛之意。葉面是沙拉綠，葉背是綠帶銀。楓樹題記的命運，就是要成為羽毛。

我決定一離開泳池就要畫一張它的素描：速寫一整棵樹，並在同一頁畫出一片葉子的特寫。如此一來，我一邊游著一邊自言自語，那張素描便會以某種方式與那棵楓樹的基因密碼產生關聯。那

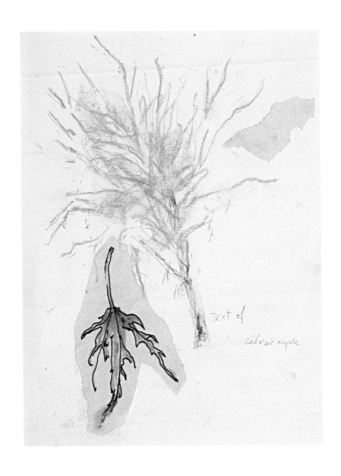

text of

silver maple

張素描將成為一株銀楓的某種文本。

這樣的文本屬於一種無言之語（wordless language），我們打從童年之初就一直閱讀那種語言，但我無以名之。

接著，我改成仰泳，透過框了玻璃的屋頂仰望天空。一片蔚藍綴著我猜約莫海拔五百公尺的白色卷雲（cirrus clouds，拉丁文的「卷」就是 cirrus）。雲朵隨風飄移，卷絲也跟著緩慢變化、結合、分離。拜屋頂框架之賜，我能看出雲朵移動了；若是沒有那些框架，你很難察覺。

卷絲的動靜顯然是源自每朵雲體的內部，而非外在壓力；你聯想起身體睡著時的動作。

大概是因為想到這點，我停止划水，將雙手枕在腦後，漂浮著。我的大腳趾堪堪伸出水面。身下的水將我托住。

我凝視著那些卷雲，看得越久，越讓我想起一些無言的故事；像是手指會講述的無言故事，可事實上，這裡的故事是由那片藍色寂靜中的微小冰

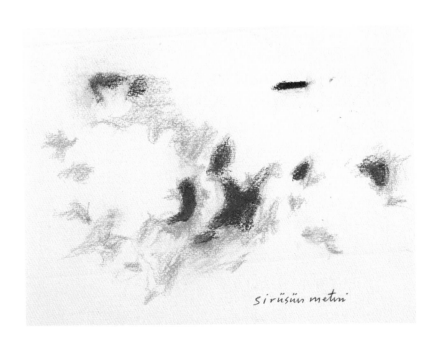

晶講述的。

昨天我在報紙上讀到，加薩（Gaza）有二十名巴勒斯坦人在家中被炸成碎片；美國已暗中派遣三百多名軍隊來保護他們在伊拉克煉油廠的利益；被恐怖組織伊斯蘭國（Isis）當成人質的美國記者詹姆斯・佛利（James Foley）遭到斬首，行刑的影片還上傳到網際網路；在一艘剛剛穿越北海停靠倫敦的貨輪上，發現三十五名來自印度的非法移民，包括成年男女與孩童，在一只貨櫃中窒息身亡。

卷雲正在往北，朝游泳池較深那頭飄去。我仰面漂浮，靜止不動，我看著它，用雙眼描繪它的彎曲起伏。

然後，這種視覺帶來的確信有了變化。我要花點時間才能弄清。慢慢的，變化日益明顯，而我的確信也逐漸加深。白色卷雲的卷絲正在觀察一名雙手枕在腦後仰面漂浮的男子。不再是我觀察它們；而是它們在觀察我。

聚會之所

A MEETING PLACE

在我手中
從過去和未來
我將抓取兩枚石子
帶著它們跑。
即便乘著最弱微風我也能飛，
召一陣風，前來
掃除一切痕跡
而我將像個孤兒
坐在路旁，哀悼
我的兩枚石子。

最近，我開始閱讀伊拉克詩人阿布杜卡里姆‧卡

西德（Abdulkareem Kasid），我持續閱讀，一讀再讀。
我發現他的聲音深入人心，扣緊世界時事。

我讀的是英文，由詩人本身、他的女兒和一位朋
友從阿拉伯文翻譯而成。

> 這隻貓
> ——牠是否竊聽了
> 我的絮語？

1946 年，他出生於巴斯拉（Basra）。現居倫敦。

他的聲音，他召喚出來的故事，他提問的方法，
在在讓我想起置身沙漠的經驗。在沙漠裡的一些
處所，沙與天似乎隔著無垠空間，而在另一些處
所，則似乎全無間隙，地與天看似相連。然而，
如果你在沙漠中行走，無論天地懸隔或密貼，空
氣帶給你的身體撫觸是相同的。而卡西德的話語
帶給你的想像撫觸，就似那般。

一首又一首的詩歌描述著擱淺受困，但在每首詩
裡，讀者都因一段過去與一個未來的存在而得到
撫觸。

今日，大多數對於恐怖主義、對於移民遷徙、對於經濟不安、對於各種事件的分析與評論，都將敘述的起點拉得太近了。在二十世紀的最後十年，在 1990 年代，全世界都經歷了翻天覆地的改變。

正是在那段時期，投機性金融資本主義的代理機構、遊說團體與跨國組織，變成了全球演變的最高決策者。全球化應運而生。

新自由主義的教條讓古典政治淪為過時。代議士變得軟弱無力；他們能做的只剩空談。媒體接收了同樣空洞無義的語言。諸如「歐洲」、「國際團結」和「獨立」之類的術語，已變得老舊且毫無實質性。而在全球報導中大量激增的縮寫字詞，也反映出這種朝空洞漂移的趨勢。

如今，維持世界運轉的力量，是下一筆即將獲得的東西：金融界的下一筆交易和貸款；消費者的下一次購買。

所有連結過去與未來的「歷史」意識，就算未遭滅絕，也已被邊緣化。因此，人們承受著一種「歷史」孤寂感。法國人將被迫住在街頭之人稱為「S.

D. F.」，「居無定所者」（Sans Domicile Fixe）。而此刻的我們，正置身在一種恆壓之下，覺得我們可能已經變成了「歷史」上的居無定所者。再也沒有任何公認的位置，可讓我們去接納死者與未出生者。有每日的生活，但周遭一切淨是虛空。在這個虛空裡，今日的數百萬我們都是孑然一身。而這樣的孤寂，足以讓「死亡」變身為同伴。

卡西德和他所屬的詩人傳統，對過去並無懷舊之情，對未來也不抱烏托邦憧憬。卡西德經常出入歷史，彷彿歷史是一處聚會之所，他不是為了證明任何論點，而是要尋找同伴。

> 遠方的一間咖啡屋——
> 我將它視為一株樹
> 屋頂由枝葉構築
> 椅子來自材木
> 前去之人喜歡輕輕地
> 落坐在枝枒上。

啦・啦啦啦・啦啦啦・啦

LA LALALA LALALA LA

啦
·
啦啦
啦啦
·
啦啦啦
啦啦
·
啦

LA LALALA LALALA LA

一塊塊告示牌，沿著一條海濱散步道宣告，嚴禁帶狗進入海灘。那是十月初。沒有泳客。不過，有人漫步沙灘，還有少數人做著日光浴。半數以上都帶著狗。我們在義大利。

海灘位於波河三角洲，科馬基奧（Comacchio）[1] 漁港外圍。威尼斯在它北方六十公里處，往南三十公里是拉芬納（Ravenna）。

無論你望向何方，都有水。鹽水來自大海，淡水來自那條大河的支流。半是島嶼，半是潟湖，這

是一個似乎不屬於任何大陸的地方。這裡每個人，
男女老幼，都能操駕船艇。

在這個小鎮，運河與街道一樣多。地方經濟仰賴
漁業，尤其是鰻魚——捕捉，加工，煙燻，出口，
做為美味佳餚的鰻魚。

小鎮所有的行業都與水有關，而水所隱含的隔離
性，或許能說明小鎮居民的體格特色。科馬基奧
的男女外形，明顯有別於鄰近地區。矮壯，肩寬，
膚黑，手大，習慣彎腰，習慣拉繩舀水，習慣等
待，有耐心。與其說他們腳踏實地（down-to-earth），
我們不如創作一個新詞：「腳踏實水」（down-to-
water）。

每年十月的第一個禮拜，他們會慶祝「鰻魚節」
（Sagra dell'Anguilla）。鋪了鵝卵石的小鎮中心，擠
滿來自其他地方的小販攤位，兜售著飾品、戒指、
貝殼、起司、聖母像、風乾臘腸、玩偶等，一些
價格低廉的小確幸。居民們閒逛慢晃，指指那些
小玩意，算算那些小確幸，時不時付出幾枚銅板。
還有一些長椅長桌，可以吃吃喝喝。空氣中飄散
著燒烤食物的氣味。洋蔥、茄子、青椒，當然還

有鰻魚。

鰻魚捕撈上岸時，是水銀色，長約四十公分，通常超過十歲。鰻魚更年輕、更短小的時候，是黃色。在那之前，在牠們孵化之初，是透明的柳葉狀幼體，比蝌蚪還小。牠們在馬尾藻海（Sargasso sea）的深處孵化，與墨西哥隔灣相對。牠們得花上三、四年的時間，順著墨西哥灣洋流穿越大西洋，抵達波河河口。

牠們在波河河口以鹽水交換淡水，於科馬基奧定居下來，逐漸長大。過了幾年，牠們會在秋天突然感受到一股無可遏制的衝動，敦促牠們返回當初前來的海床，產下魚卵。產完卵後，牠們死於該地，死於馬尾藻海的海草叢中；然後，新一代微小透明的柳葉狀幼體，會再一次獨自橫渡大洋。

每年秋天，當長大成熟的鰻魚離開科馬基奧濕地時，大都會遭到捕捉。就在牠們出發，準備重返鹽海之際，卻無意間游進了漁夫精心設置的陷阱。他們將這些陷阱稱為「lavoriero」。

當天下午，除了在市集上工作販售之人，其他鎮

民都放假。船隻停泊，靜止不動。

在中世紀鐘樓旁的九月二十日廣場（Piazza XX settembre），一支民謠樂團正在架設舞台。團員包括一名鼓手，一名小提琴手，一名低音提琴手，一名長笛手和一名男歌手。三男兩女加上他們的電線、麥克風、樂器、燈光、譜架，亂成一團。他們全都穿了同款格紋的褲子或裙子。雙腿雙臂裸露在外。天氣炎熱。

男歌手米歇爾（Michele）向其他樂手哼出一個音節，拿起吉他，撥彈出一個音符。莉莉亞（Lilia）用長笛接住音符。那聲音充滿許諾，你立刻就能明白，為何理想主義者柏拉圖會在他的城邦裡禁止這項樂器。米歇爾的歌聲將話語釋出，一個音節接著一個音節，音節之間，身體搖擺。

一些路人停下腳步聆聽。接著，更多人暫停駐足。一名八歲大的女孩和一名四歲大的男童，開始在樂手與民眾之間的鵝卵石上跳舞。他們是其中一名樂手的小孩。

聽眾圍成半圓，在米歇爾的帶動下，開始和著拍

子鼓掌，隨著旋律搖擺。

莉雅（Laia）一邊轉圈，一邊拉奏小提琴，她的頭俯彎向前，彷彿正在哺餵小嬰兒，只不過嬰兒吮吸的並非奶水，而是音符，此刻，有一百多人跟隨著她哼唱跺腳。

這一百多人沒有樂器，他們是用活在當下的自身感知與篤定即興演出，在這個白日將盡、夜幕初降的時刻。

鰻魚幼體是怎麼找到牠們的路，跨越海床來到波河河口？如果說牠們記得什麼，那記憶也是發生在牠們存在之前。

牠們追隨的是什麼？

而在九月二十日廣場上即興演奏的音樂，又是如何以同等的確信找到它的路，進入一百多個獨特而多樣的生命體？音樂在其自身下方聆聽到什麼？

我剛得知，西莎莉亞‧艾芙拉（Cesaria Evora）去世了。直到年屆五十，她才聞名於世。她用一種除

了維德角（Cape Verde）之外大多數人都不理解的語言和腔調，唱著西非黑人的葡語歌曲。她堅定不屈，倔強固執，屢犯不改。她嗓音的高度有如青少女，在回家照顧生病母親之前想去水手酒吧碰碰運氣的青少女。她曾說：「每條狗都有他的星期五」，總有時來運轉的一天。

當她巡迴世界演唱時——必須使用現在式——她填滿了一座座巨大場館，但她並非舶來品；她是貧窮人。她有一張圓臉，宛如一只酥胸。她經常微笑，當她微笑時，那是她將悲劇吸收同化之後發出的笑。富人聆聽歌曲；窮人緊攀歌曲將歌曲據為己有。艾芙拉說，人生由膽汁與蜂蜜組成。她唱出我們難以理解的人生。

在九月二十日廣場，歌聲結束，換成等待的沉默。樂手們一邊商量，一邊休喘。來自科馬基奧的人群站在那裡，輕鬆自在，他們斜倚著沉默，彷彿那是一道牆。新到者加入人群。有些人握握手，拍拍肩。

然後，他們全都等待著，彷彿在等待潮水上漲，然後爬進他們的平底船，駛離水岸。

在他們等待之時，我想去南方三十公里外的聖亞坡里納教堂（Basilica of Sant'Apollinare in Classe），就在拉芬納郊外，我想向你們展示，位於六世紀後殿中的一幅缽狀鑲嵌畫。它是扇貝的形狀，直徑至少十公尺，圈圍起來的空間約莫相當於那支民謠樂團在九月二十日廣場所占據的大小。

那幅缽狀鑲嵌畫呈現出天與地，有樹木、禽鳥、草地、石頭與綿羊。最頂端是上帝張開的手，不比一顆卵石大。正中央的基督頭像，也不比上帝的小手掌大。主要的顏色有綠色、白色、金色和土耳其藍。明面上的主題是：「基督在加利利的大博爾山上變容」（Transfiguration of Christ on Mount Tabor in Galilee）。而這件鑲嵌畫也讓空間變了容。我們看到的每一個實體，無論是一朵花、一隻羊、一簇草、一塊卵石，都位於整體畫面的中心；沒有任何景中之物是邊緣性的。

拱形馬賽克在空間中召喚出類似永恆在時間中召喚出的感受。它同時含納了空間又廢除了空間。在這裡，距離帶來相聚而非分離。

這樣的變容是怎麼做到的？祕密在於鑲嵌塊如何

運用光線。這些用玻璃、大理石和礦物製成的微小立方塊，因為放置在一起的方式，而產生出非凡驚人的視覺能量。它們是怎麼辦到的。

這些鑲嵌塊即便顏色相同卻也濃淡不一。沒有一模一樣的兩塊。十四個世紀之前，它們嵌入灰泥的角度也不一致，一區一區各不相同，這意味著它們反映的光線有些地方亮，有些地方暗——一如自然界裡光線反映在流水上的情形。最後，這些鑲嵌塊構成的線條，也就是它們跨越弧形壁面向前推進的車隊，從來不是走直線，而是一路蜿蜒，有些蛇行。它們像鰻魚一樣前進。

當你仰頭凝視整幅鑲嵌畫，舉目所見皆是靜止平和，但與此同時，這一切卻也是永不止息的軌道旋轉的一部分。

正因如此，畫中的每個實體，無論是樹木、花朵、綿羊、石頭或先知，無論放置在哪裡，無論大小如何，當你注視它們時，它們就變成周遭一切的中心。

九月二十日廣場上，樂團挑選的下一首歌，是〈漁

夫〉（Il Pescatore）。那是義大利歌手法布里奇奧・德・安德烈（Fabrizio De André）在 1970 年代創作暨原唱。兩個世代的義大利孩子們，傳唱不輟。

歌詞講述一名老漁夫睡在沙灘上。滿臉皺紋，微笑蹙眉。另一人出現。他正在逃亡。他乞求麵包止飢，美酒解渴。漁夫毫不猶豫，將兩者奉送。男人繼續跑路。兩名騎警抵達沙灘，詢問漁夫有沒有看到任何人經過。夕陽西下，漁夫什麼也沒說。

故事悲涼；但曲調、歌聲與節奏卻歡快撫慰。兩段主歌之間，夾著一段副歌：啦，啦啦啦，啦啦啦，啦……

米歇爾伸開雙臂，百人聽眾一起哼唱副歌。在他們身後，在他們頭肩之間隱約可見的中世紀城牆，化為黃金，直到副歌結束。然後，它們又變回石頭。

---

1. 科馬基奧是伯格小說《婚禮之途》（To the Wedding）裡的主要地點。

關
於
歌
曲
的
幾
點
筆
記

（
獻
給
雅
思
敏
・
哈
姆
丹
）

Some Notes about Song
(for Yasmine Hamdan)

關於歌曲的幾點筆記
（獻給雅思敏‧哈姆丹）

雅思敏，上週我去看妳演出，聽妳演唱時，我有一股衝動，想要畫妳。這衝動太過荒謬，因為場地很暗；我根本看不見膝蓋上的素描簿。我時不時畫上兩筆，沒低頭看，目光也沒離開妳身上。

這些塗鴉中有一種節奏——彷彿我的筆伴隨著妳的聲音移動。但鋼筆不是口琴，也不是小提琴，此刻，在寂靜中，我的塗鴉近乎無義。

妳穿了一雙帶跟紅鞋，黑色緊身褲，深棕色半透明墊肩 T 恤，搭配一條橙色披肩，杏桃的顏色。

妳看起來毫無分量，乾涸疏落，像個永不停歇的漫遊者。

然而妳一開唱，一切都變了。妳不再乾涸，全身上下充盈著聲音，就像一隻注滿液體、溢流而出的瓶子。

妳唱的是阿拉伯語，一種我不理解的語言，然而我卻能接收到每一首歌，不是一部分，而是完整的經驗。該如何解釋這點？若說是因為歌詞不重要，那未免太蠢；歌詞是孕育歌曲的種子。

我接收到妳唱的每一首歌，一如其他一百多人，其中只有極少數會說阿拉伯語。我們能夠分享妳唱的歌。該如何解釋這點？我沒把握能說明白，但我想筆記一二。

一首歌，當它被演唱與演奏時，需要一具身體。歌曲藉由接管並暫時控制現有的身體做到這點。垂直站立彈撥低音大提琴的身體；將口琴如一隻小鳥雙手捧握在嘴前盤旋啄食的身體；或鼓手隆隆敲擊時的軀幹。一次又一次，歌曲接管歌手的身體。一段時間之後，圍成一圈的聽眾，當他們

聆聽歌聲，手舞足蹈時，他們的身體也在回憶與
前瞻。

歌曲與它接管的身體不同，歌曲在時間與空間上
是不固定的。歌曲訴說著過往經驗。被哼唱時，
歌曲充盈於現在此刻。故事也一樣。但歌曲還有
另一個維度是它們獨有的。歌曲充盈於現在此刻
的同時，也希望能觸及到未來某處的某隻聆聽之
耳。歌曲傾身向前，一傾再傾。若不是堅持著這
份希望，我相信，歌曲不會存在。歌曲傾身向前。

歌曲的速度、拍子、循環、重複，構成了一個避
開線性時間流的庇護所：在這個庇護所裡，未來、
現在與過往能相互撫慰、挑釁、挖苦、啟發。

此刻世界各地正在聆聽的歌曲，大都是錄音，而
非現場演出。這意味著，相聚分享的身體經驗沒
那麼強烈，但這種體驗依然存在於溝通交流的深
處。

　早安，藍調，
　藍調，你好嗎？
　你好嗎？

早安，藍調，

藍調，你好嗎？

嘿，我就是過來跟你說句話。

〔貝西・史密斯（Bessie Smith）〕

我最記得母親唱的歌是〈仙納度〉（Shenandoah）。她有時會在飯後唱，當有賓客在場，或有片刻寂靜時。她的聲音柔軟高亢，悠揚悅耳，從不過激。在我父親的歌本裡，那首歌標註的日期是十九世紀中葉。仙納度峽谷曾經是美國中部的印第安人聚居地。

喔，仙納度，我渴望見你，

你滾滾而去的河水，

喔，仙那度，我渴望見你，

離去，我必須離去，

跨越寬闊的密蘇里。

仙納度是一位美國原住民酋長的名字，也是一條河的名字，密蘇里河的一條支流，最後匯入密西西比河。它變成一首歌，經常由黑人哼唱，因為密蘇里河將蓄奴的美國南方與反奴的北方區隔開來。它也是船夫水手愛唱的歌。當年，密蘇里河

下游一度船帆如織。

一、兩歲時，母親曾唱給我聽。不常唱，也不是
一種儀式，我甚至記不清她曾單獨唱給我聽。但
那首歌存在。是家裡的神祕物件之一，我知道它
在那裡——就像衣櫥裡的一件襯衫，為特別場合
準備的。

> 已過七年
> 自我上次見你
> 聽見你的滾滾河水。
> 已過七年
> 自我上次見你
> 離去，我們必須離去。
> 跨越寬闊的密蘇里。

每首歌裡都有距離。這首歌並不遙遠，但距離是
它的成分之一，就像「在場」（presence）是所有平
面圖像的成分之一。打從歌曲之初，圖像之始，
這點始終真實。

所有的歌曲都是關於旅程。

我願身在卡里克菲格斯（Carrickfergus）

只為了巴里格蘭（Ballygran）的夜晚

我將游過最深海洋——

最深海洋——以便陪在你身旁。[1]

歌曲涉及餘波和回歸，歡迎與告別。或者，換個說法：歌曲是為「缺席」（absence）而唱。缺席給了歌曲靈感，也是歌曲要述說的。而在分享歌曲的同時（這裡的「同時」有其特殊意涵），缺席也被分享了，於是變得沒那麼尖刻，沒那麼孤單，沒那麼寂靜。原本的缺席在分享歌唱或甚至回憶這類歌唱時得到了「舒緩」，而這點，在集體的經驗中是某種勝利。有時是淡淡的勝利，更常是祕而不宣的勝利。

美國鄉村搖滾歌手強尼・凱許（Johnny Cash）說：「我能把自己裹在一首歌的溫暖包覆裡，去向任何地方；我感到無敵。」

佛朗明哥舞的演出者經常把「el duende」（入魂）掛在嘴上。入魂是一種特質，一種共鳴，可以讓一段演出令人難忘。當演出者被來自身之外的一股力量或一組衝動占據、入住，入魂就會發生。

所入之魂是來自過往的鬼魂。而它之所以令人難忘，是因為它造訪現在以便向未來陳述。

1933年，西班牙詩人賈西亞‧洛爾卡（Garcia Lorca）在布宜諾斯艾利斯發表一篇公開演說，談論「入魂」的本質。三年後，西班牙內戰初期，他在故鄉格拉納達（Granada）遭到逮捕、殺害，凶手大概是佛朗哥將軍（General Franco）的國民衛隊（Guardia Civil）。

他在講演中宣稱：「所有的藝術都能入魂，但在入魂最能油然發揮之處，例如在音樂、舞蹈和口述詩歌裡，需要活生生的血肉來詮釋，因為如此一來，這類藝術便有了生生死死不斷循環的形式，讓它們的輪廓擺脫當下此刻的模樣。入魂在舞者身上發揮的作用，一如風之於沙。入魂以其魔法，將女孩變成蒼白無力的癱瘓者；讓在酒店乞討的糟老頭，雙頰染上青春的紅暈；令女人的青絲散發午夜海港的氣味；並在每時每刻，以所有的時代一切舞蹈之母的姿態，擺弄表演者的雙臂。」

我的書桌上總是有太多東西，太多文件。前幾天，我在一疊文件下方，無意中翻到一張明信片，是

幾個月前，一位朋友從西班牙寄給我的。上面的圖片，是一名佛朗明哥舞者的黑白照，由西班牙攝影師塔托・奧利瓦斯（Tato Olivas）拍攝，他以舞者照聞名。

瞧見這幅影像時，我感覺記憶中有個東西被觸發了，那是我初次看到這張明信片時未曾留意的。我等待。記憶逐漸清晰。

那位年輕女子準備起舞的照片，讓我想起我畫過的一張鳶尾花素描。那是我幾年前畫的系列素描之一。我找出那張素描，兩相比對。

在那名舞者蓄勢待發的身體幾何與花朵綻放的幾何之間，的確有某些共通之處，有一種對等性。它們當然各有特色，但它們的能量，以及它們表現在這兩張圖像裡的形狀、姿態和動作，是類似的。

我將這兩張圖掃描下來，擺在一起，做成一幅雙聯畫，然後附上信件寄給塔托・奧利瓦斯。

他回信告訴我，照片是二十年前拍的，地點是馬

德里著名的佛朗明哥舞學校：「神之愛」（Amor de Dios）。學校關閉了。他再沒見過那名舞者，也不知道她的名字。

他接著說，那兩張圖像的「巧合相似」，讓他想起，他有另一張照片與那幅鳶尾花素描甚至更像。那是傳奇舞者莎拉・巴洛斯（Sara Baros）年輕時的照片。他寄給我一張照片印本。我簡直不敢相信我的眼睛。

那名舞者和那朵鳶尾就像孿生雙胞，只差一個是女人，另一個是植物。你會不假思索地認為，肯定是攝影師或繪圖者費盡苦心努力想與另一張圖像「配成對」。但事實並非如此。在此之前，這兩張圖像從未並呈並置。

它們之間的相似性是先天的——彷彿來自基因遺傳（但根據遺傳一詞的正常意思，這是不可能的）。然而，佛朗明哥舞的能量與花朵綻放的能量，看起來似乎遵循同樣的活力，擁有同樣的脈動，儘管兩者的時間尺度天差地遠。它們在節奏上貼身相伴；在演化上相隔萬古。

「以所有的時代一切舞蹈之母的姿態。」

1470 年代，義大利西西里畫家安東內洛‧達‧墨西拿（Antonello da Messina）畫過一幅《聖母報喜》（*Vergine Annunziata*）。那是一張小油畫，不會比掛在洗手槽上的普通鏡子大。畫中沒有天使，沒有加百列，沒有橄欖枝，沒有百合花，沒有鴿子。我們看到聖母的特寫，看到她的頭與雙肩，裏在藍色的袍子與頭巾之下。在她前方的擱架上，擺了一本打開的「詩篇」或祈禱書。她剛剛聽到天使報喜，說她將誕下上帝之子。她的雙眼圓睜，卻是內觀著自我。她的雙唇也是張開的──可能正哼著歌。她的雙手輕柔但探究地抵著胸膛。似乎想要碰觸，想要用手指撫摸她的內在，她的內臟，它們剛剛聽到一個信息。

我們先前提過，歌曲如何借用現有的身體，以便在歌曲被吟唱時，取得屬於歌曲的身體。借來的身體可能是樂器，也可能是一名歌手、一團樂手或一群聽眾。歌曲會在不可預測的情況下，從一具借來的身體轉移到另一具。而安東內洛的這幅畫提醒我們，在每一次的借用中，歌曲都安居在它借用的身體內部。歌曲在那具身體的臟腑裡找

到它的所在。在鼓的鼓膜裡，在小提琴的腹板裡，在歌手和聽眾的軀幹或腰肢裡。

歌曲的本質既非聲音的，也非大腦的，而是有機生命的。我們追隨歌曲，是為了被歌曲包圍。正因如此，歌曲提供給我們的東西，不同於其他的交流訊息或形式。我們置身於訊息內部。那個未被唱出的、與個人無關的世界，依然留在外面，在胎盤的另一邊。而所有的歌曲，無論內容或表現手法多麼陽剛男性，都是以母性的方式發揮作用。

下一頁是我的一張素描，畫的是安東內洛·達·墨西拿《聖母報喜》裡的那雙手。

歌曲連結，集合，聚攏。即便歌曲尚未唱出，它們也隨身攜帶著集結之所。

歌曲的字詞不同於構成散文的字詞。在散文中，字詞是獨立的代理人；但在歌曲裡，它們的首要角色是自身母語的親密聲音。歌曲的字詞意指該字詞所代表的意思，但與此同時，也訴說或流向存在於該語言所有的字詞。

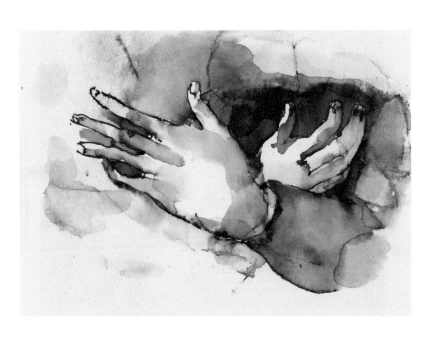

歌曲如河流。各自順著自身的河道流淌——卻也都流向萬物從出的海洋。自河口流出的水，繼續流向廣袤的他方。而從歌曲口中流出之物，也有著類似的湧動。

我們在生活中經歷的事件，大都無以名之，因為我們的詞彙太過貧乏。故事之所以被大聲講述，大都是因為說故事者希望藉由故事的講述，將無以名之的事件轉化成熟悉或親密的事件。

我們往往認為親密表示關係密切，關係密切表示擁有一定數量的共同經歷。然而，每天遇到的陌生人，從未講過一句話的全然陌生人，也能分享一種親密感。這種親密感蘊含在一個眼神交會，一個點頭致意，一個微笑，一個聳肩裡。這種密切的關係可能只持續一秒鐘，或一起哼唱和聆聽一首歌的時間。一種對於人生的共識。沒有任何條款的共識。是圍繞在那首歌曲四周，未曾講出的諸多故事之間，自然而然共有共享的結論。

某個夏日夜晚八點，在駛向巴黎郊區的地鐵車廂裡。車上沒有空位，但站立的乘客也沒擠成一團。四名二十五、六歲的男子站在一塊兒，靠近車廂

右邊的滑門，當列車以這個方向行駛時，那側的滑門不會在靠站時打開。

四人組裡有一名黑人、兩名白人，第四位或許是非洲西北的馬格里布人（Maghrebian）。我站的地方，離他們頗有點距離。最初吸引我的，是他們顯而易見的默契，以及他們全神貫注的交談和講述故事。

四人都非常陽剛，充滿男人味，穿著休閒，但一絲不苟。他們的模樣看起來，似乎很看重自己的外貌，甚至比大多數的同齡男子更加看重。每個地方他們都留意到了，沒有絲毫馬虎。馬格里布男穿了寬鬆的藍色短褲，和一塵不染的耐吉球鞋。黑人男有一頭檀香色的玉米辮。四個人都非常陽剛，充滿男人味。

列車停站，一些乘客下車。我可以朝那四人組略為靠近。

每個人講述時，其他人都會頻繁插話。沒有獨白，但似乎也沒有任何東西被打斷。他們的手指非常靈活，不時貼近臉龐。

突然間，我恍然大悟，他們是全聾人士。他們實在聊得太過流暢，以致我先前沒意識到這點。

另一站到了。他們找到四個位置坐在一起。他們繼續聊天，旁若無人。然而，他們決定無視我們其他人，是出於分寸和禮貌，而非漠視。

時不時，會有一人發出笑聲。他們繼續講著故事，繼續評論事件。我滿心好奇地看著他們，就和他們滿心好奇地看著彼此一樣。

他們共享的姿勢符號語彙，有自己的句構和文法，大都建立在對時機、速度與節拍的掌握上。這些符號是用他們的雙手、臉部和身體做出來的，取代了舌頭和耳朵的功能，其中一個是發聲，另外一個是接收。在任何地方任何持續性的對話裡，舌頭與耳朵同等重要。然而，在這整節車廂中，甚至在整個列車上，沒有任何對話能與他們的媲美。

這四人組為了對話而做出姿勢的每一個身體部位，包括眼睛、上唇、下唇、牙齒、眉毛、拇指、手指、手腕、肩膀，每個部位對他們而言，都具有樂器或人聲的音域，有它們獨特的音符、和弦、

顫音，以及堅定度和猶豫度。

然而在我耳中，卻只有列車減速準備進站的聲音。數名乘客起身離座。我可以找位子坐，但我寧願站在原地。四人組當然察覺到我的存在。其中一人給了我一抹微笑，並非歡迎的笑，而是默許的笑。

我攔截他們無數的訊息交流，那交流我無法命名，只能跟著他們的反應來來回回，但對他們所指的內容一無所知，只能跟著他們的節奏搖擺，被他們的期待推著前進。我感覺，自己正在被一首歌包圍，一首由他們的孤獨孕生之歌，一首用外語哼唱之歌。一首無聲之歌。

　　此列火車駛向榮耀，此列火車，
　　此列火車駛向榮耀，如你搭乘，
　　它必神聖。

　　　　　　　　　　——畢德維爾五重奏
（Biddleville Quintette）[2]，芝加哥，1927

最近，我聆聽並觀看了法國歐蘭德（Hollande）總統在一場電視記者會上對全國講話，歷時將近三小時。他的論述是代數式的。也就是說，合乎邏

輯和因果論，但幾乎沒涉及具體現實或生活經歷。

他談吐幽默，聰明機智，他給人真心誠意的印象，儘管他是以社會黨候選人的身分獲選，卻提議並相信可與大企業聯盟。他的論述為何如此空洞？為什麼他的講話聽起來那麼像縮寫字詞的長篇獨白？

原因在於，他拋棄了一切歷史感，因此，也就沒有任何長期的政治願景。從歷史的角度說，他活得相當拮据，只夠餬口度日。他已放棄希望。所以只能使用代數。懷抱希望能孕生政治語彙。不抱希望會導致無言以對。

在這點上，歐蘭德總統是眼下這個時代的典型代表。大多數的官方言詞與評論都是啞巴，根本說不出絕大多數掙扎求生者正在經歷與想像的事。

媒體則是提供各種瑣碎即時的消遣娛樂來填補這份沉默，若是聽憑沉默就這樣空著，可能會促使人們互相詢問，探究起現今世界不公不義的一些問題。

我們的領袖和媒體評論員，用一種廢話連篇的官腔談論我們正在經歷之事，那不是火雞不知所云

的叫聲，而是高級金融圈的聲音。

今日，已經很難用白話和散文（prose）來表達或總結「存活」（Being alive）與「生成」（Becoming）的經驗。做為一種言說論述形式，白話和散文只需仰賴最低限度的固定語義；白話和散文是與周遭圈子用一種彼此共享的描述性語言表達不同觀點與不同意見的交流。而這樣一種彼此共享的語言，在大多數的公共言說中已不存在。一種暫時性卻會造成歷史影響的損失。

相對之下，在這樣一個歷史時刻，歌曲可以表達「存活」與「生成」的內在經驗──即便是老歌。為何？因為歌曲自給自足，因為歌曲伸出雙臂，擁抱歷史時間。

> 需要一個焦慮之人來唱一首焦慮之歌
> 需要一個焦慮之人來唱一首焦慮之歌
> 需要一個焦慮之人來唱一首焦慮之歌
> 此刻我心焦慮─慮─慮─
> 但我不會焦慮太久
>
> ──伍迪‧蓋瑟瑞
> （Woody Guthrie）演唱版[3]

歌曲伸出雙臂擁抱歷史時間，歌曲不必成為烏托邦。

在蘇聯，強制性的土地集體化政策和隨之而來的大饑荒，還有稍後的蘇維埃古拉格體系（Soviet Gulag）和伴隨而來的空話大全，最初就是打著烏托邦的名義開始推行並取得正當性：只要持續追求這些政策，嶄新且史無前例的「蘇聯人」很快能生活在烏托邦之下。

同樣的，到了今日，一再擴大的人類貧窮以及對於地球的持續掠奪，也是打著烏托邦的名義而有了正當性，這回的烏托邦是由「市場力量」掛保證，當市場力量可以不受限制地自由運作時，在這個烏托邦裡，套用美國經濟學家彌爾頓·傅利曼（Milton Friedman）的話，「每個人都能投票選擇他想要的領帶顏色。」

在任何一種烏托邦願景中，幸福都是必要條件。這意味著，在現實中，幸福是無法得到的。在他們的烏托邦邏輯裡，同情是一種弱點。烏托邦鄙視現下。烏托邦用「教條」代替「希望」。教條是刻死的；希望恰好相反，希望閃爍，有如燭火。

燭火與歌曲往往伴隨著祈禱。而在絕大多數的宗教、寺廟和教堂中，祈禱都是雙面的。可以無止境地重申教條，也可以表達希望。而無論是哪一面的祈禱，都無須取決於祈禱者祈禱的地點或環境。祈禱取決的是，那些祈禱之人的故事。

窮人的山上聖安德烈（San Andrés Sakam' chen de los Pobres）小鎮[4]，位於墨西哥南部的恰帕斯州（Chiapas）。小鎮教堂傳來微弱的歌聲。教堂裡沒有牧師。四名歌者站立其中。兩名男子和兩名年輕女子。四位都是印地安原住民。

男女雙方隔得很遠，四人以多聲部合唱。兩名女子身上各揹了一名小嬰兒。

在教堂側廊的一座小禮拜堂裡，有一尊真人大小的聖安德烈雕像，那位使徒以木頭雕成。他穿了一件及膝束腰外衣和馬褲，不是雕刻，而是真正的衣服。祭壇後方的教堂地板上，有將近一千枝點燃的蠟燭，許多是放在小玻璃罐中。一扇側門半開；一股氣流令燭火搖曳，傾向一側。聲音的節奏交織著燭火閃耀的節奏。

最後，其中一名嬰兒哭著要吃奶。歌聲停止，母親將小孩抱到胸前哺餵。另一名女子，她的小孩還在沉睡，她拎起腳邊的袋子，拿出一件及膝束腰外衣，攤開來，走到聖安德烈的雕像旁邊。她用自己帶來的及膝束腰外衣替換雕像身上那件。一如她的預期，那件該洗了。

那一千枝燭火依然在氣流中搖曳。

此刻，我想起愛爾蘭作家莫雅‧坎農（Moya Cannon）的非凡詩作：

> 總是那些無物可攜之人
> 攜帶歌聲
> 前往巴比倫，
> 前往密西西比──
> 那些終究一無所有之人
> 有些連身體都不歸己有
> 然而，三個世紀之後，來自非洲的深刻韻律
> 裝填於他們內心，積藏在他們骨血，
> 攜帶著全世界的歌。

> 離開我故鄉的人們，

來自唐寧斯（Downings）和羅賽斯（Rosses）的女孩

跟隨鯡魚船北上昔德蘭（Shetland）

一路為海上白銀清除內臟

來自拉納菲斯特（Ranafast）的男孩，搭乘德里

（Derry）之船

趴睡於陋屋之繩，

歌曲是他們靈魂的貨幣

是他們心靈的真金

可用來交換其他黃金，

交換大聲唱出真實與光明的歌

當跌落

人生谷底。

——莫雅‧坎農，《攜帶歌聲》

（Carrying the Songs），卡卡內特出版社

歌手擺弄或抗拒線性時間的方式，與雜技演員對抗重力的方式有些雷同。最近，我在一個法國小鎮的超市街角，看到一個雜耍家族。一名父親，三名男孩和一個女孩。還有一隻狗，蘇格蘭梗犬。我後來得知，那隻狗叫內拉（Nella），父親叫馬西默（Massimo）。孩子都很纖瘦，有雙黑眼睛。馬

西默倒是矮壯結實，氣勢迫人。

年紀最長的男孩約莫十七歲，或許更大（很難推估他們的年紀，因為對他們而言，童年這個階段並不存在），是首席雜耍者和馴狗師。

六、七歲的小女孩在他身上攀爬，好像他是一棵樹，然後那棵樹變身為支撐屋頂的橫梁，讓她能安坐在屋頂上。父親站在他們身後，隔了好長一段距離，一邊彈奏吉他，一邊用如鷹的雙眼注視著，一組擴音器和音響設備擱在他兩腳之間的鋪路石上。屋頂橫梁接著變成了升降機，將小女孩阿莉亞娜（Ariana）輕輕降到地面上。男孩有如一部升降機，以極其緩慢的速度下降，小女孩在鋪路石上隨著父親的吉他節奏倒退走。

輪到大衛（十歲？十一歲？）一展才華了。現場只有六名觀眾，那是上午十點左右，大家都很忙。大衛騎上他的獨輪車，只用了些許力氣便順著街道前進，轉圈，再騎回來。這是一種資格展示。

接著，他下了獨輪車，站在人行道上，踢掉運動鞋，踩在一顆南瓜大小的充氣皮球上。他用後腳

跟施壓，足底緊貼著皮球的弧度，慢慢將球往前推，讓他與球一同前進。他將手臂垂在身側。絲毫看不出他費了多大努力才能在滾動的皮球上保持平衡。

他站在球上，揚起下巴，望向遠方，宛如基座上的一尊雕像。球和他，以緩慢如龜的步調凱旋前進。而在這個凱旋時刻，他開始歌唱，伴隨著父親的口琴演奏。大衛的左頰骨上，以透明膠帶貼了一支迷你麥克風。

那是一首薩丁尼亞（Sardinian）歌曲。他以平滑安詳的男高音哼唱。那是孤獨牧羊人的聲音，而非男孩的聲音。歌詞描述厄運降臨時的遭遇，一個古老如山巒的故事。

凱旋與厄運。

厄運與凱旋在一個動作中合而為一，當你看著那動作時，你會希望它能一直持續、持續再持續。畢卡索（Picasso）在 1900 年左右畫過同樣的動作。

厄運與凱旋。我已試著解釋，為何在今日，歌曲

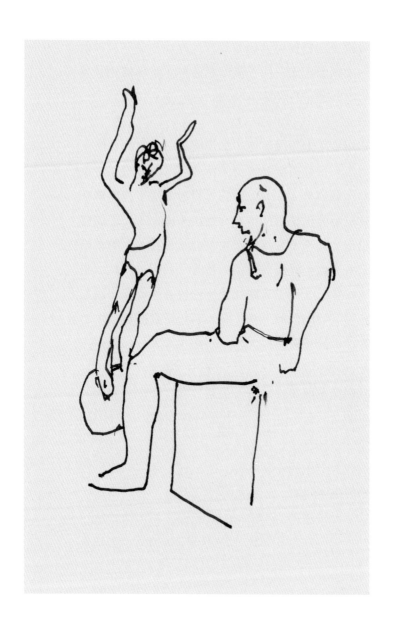

可藉由它們無與倫比的方式，與現今世界上每個人的經歷相關。而正是因為這點，雅思敏，我們可以分享妳的歌唱。

妳用右手握緊麥克風，那姿態，彷彿它將被激流沖走。當妳的歌聲飆到某個音高時，妳用左臂擺出一個姿勢。妳的左臂垂直指向地板，指向擱在妳紅鞋旁的捲線圈。左手拇指垂直向下，想要碰觸指尖，不是食指的指尖，而是中指。妳的食指彎曲，朝上輕觸著拇指的指腹。我們看不見食指的指尖。當妳唱著阿拉伯語的夜譚之歌時，這姿勢隨著妳的歌聲下降，宣告著這首歌的槍口，正窩在妳的手掌心。

我們開始跟著妳的節奏鼓掌，滋長能量並強化共同關注，那是前往他方別處的必備之物。

就在我們敢抱希望之際，突然間，他方別處也透過妳來到此地，加入我們。

1. 愛爾蘭民謠〈卡里克菲格斯〉。卡里克菲格斯是位於北愛爾蘭貝爾發斯特（Belfast）北方的大鎮。巴里格蘭是愛爾蘭東南部的煤礦城鎮。

2. 畢德維爾五重奏：一支聲樂團體，由四男一女組成，成員皆來自美國北卡羅來納州以黑人為主的畢德維爾社區，表演內容以傳統的黑人福音歌為主。

3. 〈焦慮之人藍調〉（Worried Man Blues）：這是一首美國民謠，作詞作曲者不詳，內容描述一位焦慮疲憊者的心境，有許多知名歌手演唱過，包過貓王。文中引用民謠歌手暨詞曲作家伍迪・蓋瑟瑞的版本，蓋瑟瑞的嗓音具有獨特沙啞感，他的〈焦慮之人藍調〉在第三節加入一些新歌詞，有別於其他版本。文中引述的內容來自歌曲第一節。

4. 窮人的山上聖安德烈：該鎮原名 San Andrés Larráinzar，後由主張墨西哥原住民自決的「蒙面騎士」薩帕塔解放組織（Zapatista）改名為 San Andrés Sakam' chen de los Pobres，其中 Sakam' chen 一詞在當地原住民語言中意指「在山上的」。1995 至 1996 年，薩帕塔民族解放陣線與墨西哥政府在該鎮進行一系列對話，最終簽訂了著名的「聖安德烈協議」（San Andrés Accords），承諾修改憲法，授予墨西哥原住民自治等權利。

銀光片片

PIECES OF SILVER

銀光片片

數日前，我站在一幅繪畫前方，一幅約莫兩公尺
見方的天堂。我靜靜站立，微微喘息，片刻之後，
進入其中。

容我講述一下此前發生的故事。我去拜訪一位畫
家朋友的工作室。我們認識約莫三十年了。他是
捷克裔。名叫羅斯提亞（Rostia）。目前住在巴黎
一處集合式公寓大樓郊區。他的住處和工作室都
位於這樣一棟大樓裡，產權屬於當地議會。租金
低廉。他和妻子睡在可俯瞰工作室地板的某種「包
廂」裡。

我想去參觀他最近的畫作。踏進那間工作室，就像踏進一處堆滿骯髒亞麻布的掩體。四堵牆邊堆滿畫布和沾染顏料的大張厚紙，上面的圖像全都面向牆壁。地板上也鋪滿其他畫作，畫面朝下。根本不可能邊走邊看。我只能坐在門邊的一把椅子上。

羅斯提亞光著雙腳，走在補丁般皺巴巴鋪在地板的紙張上，尋找某樣東西，想展示給我看。他挖出一張畫在紙上的作品，比他的身長高，比他伸開的雙臂寬，他請我將椅子下的釘書機遞給他，他將畫作釘在一張速寫過的畫布上，畫布則斜靠在遠處的牆邊。那張畫作屬於他最近十年來持續創作的系列之一。我看著它。

想要在腦中勾畫出這個系列所包含的各種視角，讀者可以想像，有一架直升機低空飛越一處郊區或貧民窟或四到六層樓的集合公寓住宅區，它們涵蓋了好幾公里的區域，街道的線條有時筆直規律，有時不太規則，夾雜著空地和未完成的建築基地。羅斯提亞描繪了這樣一塊地區的俯瞰圖。

我可以秀出其中一幅畫作的複製品，但在我們這

個時代，複製品不再有用；複製品裡寄存的，就是琳琅滿目的買家選品指南裡會有的內容。

與長方形公寓大樓和重複的正方形窗戶相互交織的，是字母表中的字母。它們並未拼成文字；它們是未知力量的縮寫。有些位於地面層，有些飄浮在空中。

別誤會，這些畫作並無不祥；它們充盈著千種生命，千種獨處。我們可在其中認出自己。

羅斯提亞踩過地板上的畫作，找出另一幅秀給我看。他將那件作品釘在一張速寫過的畫布背面，畫布斜抵著包廂下方那面牆。

該件作品畫了一本闔上的書，有十幾個街區那麼大，飄浮在貧民區的上空，銀白輕盈如雲朵。我想起湯姆·威茲（Tom Waits）唱的：

> 每個人都在講同時在講
> 這是某些人的苦難時代
> 這是其他人的甜蜜時光
> 總有人賺到錢當街頭流著血

每個人都在講同時在講

那本書一頁頁的內容，正是下方一頁頁的生命。

羅斯提亞接著翻出一張速寫畫布，上面是一名青少年頭部與肩膀的特寫，他坐在直升機裡，四周與身後環繞著俯瞰之景，有如一張網或一個網頁。

臉書無止無盡，但無地平線。

我必須告訴你那些畫的顏色。都是陰沉之色；由黑、灰、棕主導，但那團陰沉經常會因為一抹亮彩而閃耀銀光。那些亮彩，就像你在街道上的驚鴻一瞥：一抹藍天，仔細擺放在公寓窗外迷你陽台上的盆栽花卉，陳列在商店櫥窗裡的鮮豔服飾。

這些色彩在畫中咕噥，耳語，發出挑逗之聲。

在一張畫布上，手風琴的鍵盤與下方的街巷合奏。在另一張畫布裡，來自一只水瓶和幾只酒杯的銀色反光，在下方的公寓窗戶上眨眼睛。永不言敗！

他使用油彩、拼貼、墨水、噴膠。他有塗鴉藝術

家的全套本領，和繪畫大師的眼光。

羅斯提亞又揭開十幾張畫作。在比較近期的作品裡，再次出現臉部特寫，困惑地思索著他們俯瞰之地的微不足道。

羅斯提亞堅稱，那件作品還沒完成，雖然我已經畫了好幾年。

接著，他想讓我看一幅已經完成的小畫，顏色比較濃烈。共有二十張這類畫作，一幅頂著一幅，像毛巾一樣掛在工作室角落的架子上。我很確定，羅斯提亞是我們這個時代最偉大的畫家之一，但我始終沒辦法說服策展人或藝術代理人，認真考慮他的作品。他的名字？你問。庫諾夫斯基（Kunovsky）。

羅斯提亞告訴我，我想讓你看看我最新、最大的作品，我們把它拿到工作室外面。我覺得它已經完成了，他加了一句。

他從某個藏匿之處將畫取出，那是一張四公尺見方的畫布，我們穿過一小段走廊，通往幾扇關閉

的門扉。他將畫布抵在門上。

這張畫的視角和其他作品一模一樣。下方是微不足道的郊區，空中書架上有幾本書。其中一本是打開的。畫中沒有神祕的縮寫字；取而代之的是，一棵樹的綠葉、枝幹與果實高懸在空中。

直升機變成了天使。銀色的泡泡閃耀著希望在空中飄移。色彩舒緩了灰物。下方每一棟大樓的每一扇方形窗戶，都變成一顆靈魂。

我站在那裡，久久說不出話，然後，我進入其中。

這就是藝術。

如何對抗失憶狀態

karanfiligenin netini

HOW TO RESIST
A STATE OF FORGETFULNESS

如何對抗失憶狀態

上星期，畢卡索 1955 年的畫作《阿爾及爾的女人》（*Les Femmes d'Alger*），在紐約佳士得拍賣會上以一億八千萬美元的價格售出。畢卡索之所以創作該件作品，有部分是因為他想宣告自己支持阿爾及利亞人民對抗法國殖民主義，該場戰爭已於一年前展開。

今天是耶穌升天節（Ascension Day），距離復活節已過了四十天。根據福音書的記載，這是基督在門徒的見證下，飛升上天，進入天堂的日子。身在地上的他們，今後只能靠自己了。

kırmızı gülün metni

過去這一個禮拜，我一直在畫畫，大都是畫花，我受到好奇心驅使，但這份好奇與植物學或美學都沒關係。我不斷問自己，能否將自然形式，比如一棵樹、一片雲、一條河、一塊石、一朵花，當成信息般觀看和感知。無庸置疑，這些信息絕無可能以言詞表述，也不是特別講給我們聽的。但有可能將自然形貌當成文本「閱讀」嗎？

對我而言，這項練習裡沒有任何玄祕色彩。這是姿態的練習，旨在回應不同的能量節奏和形式，而我喜歡把它們想像成文本，來自一種不曾給我們閱讀的語言。然而，當我描繪這類文本時，我的身體會認同我所描畫的東西，認同那個無限的、未知的、用來書寫該文本的母語。

我們生活在金融性投機資本主義的全球極權秩序之下，媒體無休止地以資訊轟炸我們。然而，這些資訊大都是用來讓我們轉移注意力，讓我們分心，無暇關注基本、真實且迫切的事物。

這類資訊大都是關於一度被稱為「政治」的東西，但政治已經被投機性資本主義的全球獨裁及其交易員和銀行遊說團體所取代。

karanfilizenin netini

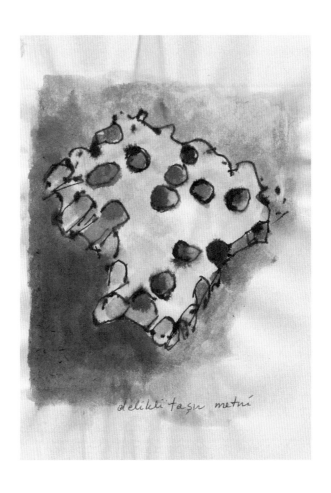

delikli taşın metni

政治家，包括左右兩派，繼續爭辯，繼續投票，繼續通過決議，彷彿上述情況並非事實。而這種掩耳盜鈴的結果，就是他們的言論空洞無義，無關緊要。他們反覆使用的文字和詞彙，例如恐怖主義、民主、彈性等，都被挖空了一切意義。世界各地的公眾追隨著他們的發言頭像，彷彿正在觀看沒完沒了的修辭學練習或課程！全都是胡扯。

資訊轟炸的另一章聚焦於奇觀：聚焦於世界各地所發生的震驚與暴力事件。搶劫、地震、船難、暴動、大屠殺。一個奇觀秀完之後，馬上會有另一個去脈絡的奇觀接踵而至，取而代之。奇觀是以震驚登場，而非故事。奇觀提醒我們，你無法預測會發生什麼。奇觀展示生活中的風險因子。

而媒體用來呈現世界以及將世界分門別類的語言，讓情況雪上加霜。那種語言非常接近管理專家的行話和邏輯。它量化一切，很少提及本質或性質。它處理百分比，民意調查變化，失業數字，成長率，日益加劇的債務，二氧化碳估算值，等等，等等。這種聲音熟悉的是數字，而非活生生或受苦的身體。它不談論後悔或希望。

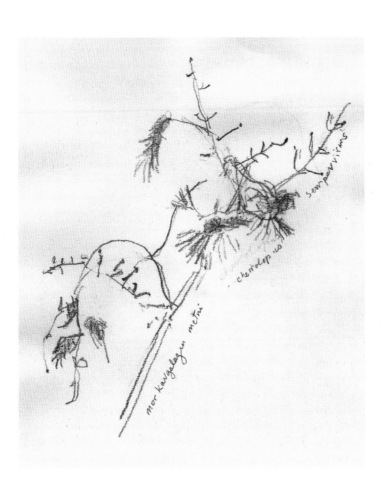

Sarigülin metai

於是，公開講述的內容以及講述的方式，助長了一種公民和歷史的失憶症。經驗遭到抹除。過去與未來的地平線日趨模糊。我們漸漸習慣於生活在無止境和不確定的現在，淪為失憶狀態的公民。

與此同時，在我們周遭，地球熱到過頭。世界的財富集中在少之又少的人手中；大多數人營養不良，只能吃些垃圾，或處於挨餓狀態。數百萬民眾懷抱最渺茫的求生希望被迫遷徙。工作條件越來越不人道。

準備抗議和抵擋今日時勢之人不計其數，但此刻還不清楚或還不具備可採取行動的政治手段。他們需要時間發展出方法。所以，我們必須等待。但在這樣的情境下，該如何等待呢？如何在這種失憶的狀態下等待？

讓我們回想一下，如同愛因斯坦和其他物理學家解釋過的，時間並非線性，而是循環的圈。我們的人生並非一條直線上的某一點——史無前例的全球資本主義秩序正用它的「即時貪婪」（Instant Greed）截斷那條線。我們不是一條直線上的某一點；我們是環圈的中心。

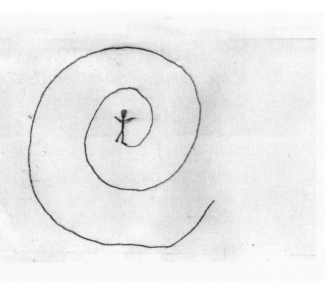

那些圈環繞著我們，帶著我們祖先自石器時代以來向我們陳述過的證詞，以及並非向我們陳述但可由我們見證的文本。這些文本來自大自然，來自宇宙，提醒我們，對稱與混沌共存，真誠勝過命運，渴求之物比應允之物更寬慰人心。

如此一來，有了我們從過去承繼之物和我們親身見證之物的支持，我們便有抵抗的勇氣，並能在尚且無法想像的情境下繼續抵抗。我們將學會，如何在團結中等待。

一如我們將繼續讚美、發誓和詛咒，用我們所知的每一種語言，無休無止。

akasmann metni

PICTURE CREDITS

p.52   *Boy Escaping* by Michael Quanne. (Photo © Christie's Images / Bridgeman Images)

p.54   *Broomfield House* by Michael Quanne. (© Michael Quanne)

p.60   *Self Portrait*, c.1668–9, by Rembrandt van Rijn. (Wallraf-Richartz Museum, Cologne, Germany/Bridgeman Images)

p.60   英國電影演員暨導演卓別林（Sir Charles Spencer Chaplin, 1889–1977）與妻子歐娜·奧尼爾（Oona O'Neill）在倫敦白金漢宮接受女王伊莉莎白二世頒授騎士勳章。(Photo by Fox Photos/Getty Images)

p.117   'Academia' (detail) by Tato Olivas.

p.119   'Sara Baras' (detail) by Tato Olivas.

p.124   *Vergine Annunziata*, c.1473–74 by Antonello da Messina. Oil on panel. (Alte Pinakothek, Munich, Germany / Bridgeman Images)

p.144   Paradis by Rostislav Kunovsky. *From Nowhere* (2015). Techniques mixte sur toile, 200.

內頁其他圖片及封面圖片皆為作者所繪，由 JOHN BERGER ESTATE 提供。

閒談：約翰．伯格的語言筆記 / 約翰．伯格 (John Berder) 作；吳莉君譯 .-- 初版 .-- 新北市：黑體文化，左岸文化事業股份有限公司出版：遠足文化事業股份有限公司發行 , 2023.11

面；　公分 .--（灰盒子；9）

譯自：Confabulations.

ISBN 978-626-7263-37-2（平裝）

873.6　　　　　　　　　　　　　　　　　　　　　　　　　　　　112016893

閒談：約翰‧伯格的語言筆記
CONFABULATIONS

作者‧約翰‧伯格（John Berger）｜譯者‧吳莉君｜責任編輯‧龍傑娣｜美術設計‧林宜賢｜出版‧黑體文化／左岸文化事業股份有限公司｜發行‧遠足文化事業股份有限公司（讀書共和國出版集團）｜地址‧23141 新北市新店區民權路 108 之 2 號 9 樓｜電話‧02-2218-1417｜傳真‧02-2218-8057｜郵撥帳號‧19504465 遠足文化事業股份有限公司｜客服專線‧0800-221-029｜客服信箱‧service@bookrep.com.tw｜官方網站‧http://www.bookrep.com.tw｜法律顧問‧華洋法律事務所‧蘇文生律師｜印刷‧凱林彩印股份有限公司｜初版‧2023 年 11 月｜定價‧320 元｜ISBN‧978-626-7263-37-2｜書號‧2WGB0009｜版權所有‧翻印必究｜本書如有缺頁、破損、裝訂錯誤，請寄回更換